34.95
OCT 2016

ELAGAGE

DU MÊME AUTEUR

Aux Éditions Gallimard

L'ENFANT ÉTERNEL, coll. «L'Infini», 1997. Prix Femina du premier roman (Folio n° 3115).

TOUTE LA NUIT, coll. «Blanche», 1999. Prix Grinzane Cavour 2007 (Folio n° 5514).

RAYMOND HAINS, UNS ROMANS, coll. «Art et Artistes», 2004.

SARINAGARA, coll. «Blanche», 2004. Prix Décembre (Folio n° 4361).

TOUS LES ENFANTS SAUF UN, coll. «Blanche», 2007 (Folio n° 4775).

LE NOUVEL AMOUR, coll. «Blanche», 2007 (Folio n° 4829).

ARAKI ENFIN, L'HOMME QUI NE VÉCUT QUE POUR AIMER, coll. «Art et Artistes», 2008.

LE SIÈCLE DES NUAGES, coll. «Blanche», 2010. Grand Prix littéraire de l'Aéro-Club de France, Grand Prix littéraire de l'Académie de Bretagne et des Pays de la Loire (Folio n° 5364).

LE CHAT DE SCHRÖDINGER, coll. «Blanche», 2013 (Folio n° 5851).

ARAGON, coll. «NRF Biographies», 2015. Prix *Lire* de la meilleure biographie.

Chez d'autres éditeurs

PHILIPPE SOLLERS, coll. «Les contemporains», *Éditions du Seuil*, 1992.

CAMUS, *Marabout*, 1992.

LE MOUVEMENT SURRÉALISTE, *Vuibert*, 1994.

TEXTES ET LABYRINTHES : Joyce/Kafka/Muir/Borges/Butor/Robbe-Grillet, *Éditions Inter-Universitaires*, 1995.

HISTOIRE DE *TEL QUEL*, coll. «Fiction & Cie», *Éditions du Seuil*, 1995.

PRÈS DES ACACIAS : l'autisme, une énigme, en collaboration avec Olivier Menanteau, *Actes Sud*, 2002.

LA BEAUTÉ DU CONTRESENS ET AUTRES ESSAIS SUR LA LITTÉRATURE JAPONAISE, Allaphbed 1, *Éditions Cécile Defaut*, 2005.

DE *TEL QUEL* À *L'INFINI*, NOUVEAUX ESSAIS, Allaphbed 2, *Éditions Cécile Defaut*, 2006.

LE ROMAN, LE RÉEL ET AUTRES ESSAIS, Allaphbed 3, *Éditions Cécile Defaut*, 2007.

Suite des œuvres de Philippe Forest en fin de volume

CRUE

PHILIPPE FOREST

CRUE

roman

GALLIMARD

Il a été tiré de l'édition originale de cet ouvrage quarante exemplaires sur vélin rivoli des papeteries Arjowiggins numérotés de 1 à 40.

© *Éditions Gallimard*, 2016.

Est enim magnum chaos.
Arthur MACHEN

1

Ce fut comme une épidémie. Mais le monde n'en sut jamais rien. Le phénomène dont je parle, il n'existe pas de chroniques qui en aient enregistré la trace et qui permettraient d'en reconstituer le cours. La maladie — si tant est qu'un tel mot s'applique — sévit dans le secret. En un sens : elle est le secret. Nul ne peut dire quand la contagion commença. Et nul ne peut affirmer qu'elle soit maintenant terminée. Il est même très douteux qu'elle ait eu un début et une fin. Je serais incapable de dater avec une précision même relative les événements que je me prépare à rapporter dans ces pages. Des signes étaient venus en grand nombre dont le monde aurait dû prendre la mesure. Mais moi-même je l'ai réalisé seulement après coup et lorsque j'ai eu compris ce qu'ils signifiaient. Aux yeux des autres, je ne pense pas qu'ils veuillent dire quoi que ce soit. Et même quand j'aurai révélé tout ce que je sais, on ne manquera pas de tenir mon récit pour une fable.

Encore qu'elle ne me concerne ni plus ni moins qu'un autre, je raconterai l'histoire qui suit à la première personne du singulier et comme elle m'est arrivée. On ne témoigne, je crois, qu'à cette seule condition. Une vérité — si générale, si universelle soit-elle — ne peut profitablement s'exposer que si l'on raconte à qui et comment, dans quelles circonstances et sous quelles formes elle se manifesta. Je tairai cependant mon nom. Il n'importe pas. Peu de gens le connaissent. Et ce qu'ils croient savoir de moi leur fournirait des arguments supplémentaires afin de mettre ma parole en doute.

En supposant que ce témoignage devienne un livre, je le signerai d'un pseudonyme. Ou bien : s'il l'accepte, je demanderai à un écrivain de me prêter son nom. Un écrivain un peu en vue, si possible et s'il en reste encore un. Mais lorsque viendra le moment, je crains de n'avoir pas l'embarras du choix. Je mêlerai au récit de ma vie quelques traits empruntés à la sienne. Ou bien : ce sera le contraire. De sorte que le faux soit impossible à distinguer du vrai. J'agis avec prudence. On ne m'en voudra pas. Je me cacherai derrière lui. Et si les choses tournent mal, il pourra toujours faire de même et prétendre n'être pour rien dans le livre dont il passera pour l'auteur. Il dira qu'il s'agissait seulement d'un roman. Je connais comme tout le monde la lâcheté des écrivains. La concernant, je ne me fais aucune illusion.

Mon cas ne compte pas. Mais il faut bien que j'en fasse état afin d'accréditer un peu ce qui vient. Je ne sais trop que dire de moi. « J'ai vécu » devrait suffire. Il y a des choses que j'ai apprises, en lesquelles j'ai cru et dont j'ai lentement réalisé qu'elles n'étaient pas aussi dignes de foi qu'on me l'avait enseigné lorsque j'étais enfant. Ma situation personnelle n'a rien d'exceptionnel. Je la considère comme très banale. Je m'en voudrais de suggérer qu'il en va autrement. Des choses se sont passées pour moi qui, certainement, ne sont pas tout à fait étrangères à la découverte dont je vais parler. Mais elles auraient pu très bien rester sans effet. Et d'autres auraient pu avoir lieu qui m'auraient pareillement ouvert les yeux. Sans même l'avoir voulu vraiment, en suivant spontanément le cours que d'autres tracent toujours pour elle et qu'on finit par considérer comme celui que l'on a soi-même donné à sa vie, j'ai acquis une place à ma médiocre mesure dans le monde. J'ai reçu pour le rôle que je jouais parmi mes semblables la rétribution qu'on accorde d'ordinaire aux hommes et qui, même si elle ne les comble jamais, contente en général leur pauvre vanité. J'ajoute que j'ai aimé et que j'ai été aimé. Cela m'a rendu heureux, malgré tout. Je donne ces précisions — qui sont à peine des précisions — afin qu'on ne vienne pas imputer ce que j'ai à dire à quelque forme de misère sociale ou sentimentale qui aurait troublé mon esprit et provoqué mon supposé délire. Je pense qu'il est inutile d'en dire davantage pour l'instant.

Je ne suis pas en cause. J'ai toujours eu la tête la plus solide qui soit. Rien, jamais, n'a pu me faire perdre le sens de la réalité. J'ai tort, certainement, d'insister sur ce point. On ne manquera pas de noter ce qu'il y a de suspect dans mon propos. Vouloir convaincre autrui — et à toute force — de sa propre santé mentale constitue le signe le plus sûr qu'on en manque un peu. Pourtant, je ne suis pas fou. Je le sais. Si je l'étais, je ne prendrais pas le risque d'attirer moi-même l'attention sur le déséquilibre possible de mon esprit. Mais je le répète : ici, il ne s'agit pas de moi. Au risque d'aggraver mon cas, j'avouerai que ma conviction est d'une autre nature. Si je sais que je ne le suis pas, je ne doute pas que le monde, lui, soit fou, qu'il l'ait toujours été, qu'il le devienne de plus en plus. Je veux croire cependant que sa déraison m'épargne — il faut bien que je lui échappe puisque j'en ai conscience. Au sein d'un asile, un individu doué de toutes ses facultés mentales sera toujours considéré comme une sorte de monstre. Mais je crois aussi — et c'est pourquoi j'écris ces lignes — qu'il existe d'autres personnes — c'est à elles que je m'adresse — qui n'ont pas encore sombré dans la démence dont je parle ou sont susceptibles de recouvrer encore leur raison. Le destin du texte que je compose, l'avenir qui lui est réservé, dira seul si j'ai vu juste ou pas.

Je parlais d'« épidémie ». Ce mot m'est venu tout seul. C'est par lui que j'ai voulu que débute le présent rapport. Il va me falloir maintenant en justifier l'usage. Il désigne un mal qui se répand parmi les hommes, va de l'un à l'autre, les contamine selon des modes que l'intelligence n'est pas totalement incapable de comprendre mais qui conservent cependant pour elle un caractère toujours un peu imprévisible et finalement énigmatique. Le fléau est fatal à certains. Il ne l'est pas à tous. Il frappe les uns quand il épargne les autres. Ceux qui succombent, ceux qui survivent ne savent ni les uns ni les autres pourquoi. Je n'ignore pas que depuis le début je diffère le moment de dire ce que fut la nature exacte du phénomène dont je parle. C'est que ce phénomène, je ne le comprends pas tout à fait. Disons que les tenants et les aboutissants m'échappent toujours. Surtout : je recule devant l'énormité de l'aveu qu'il me faut pourtant faire. Un jour, j'ai réalisé que le monde autour de moi, avec ceux qui y vivaient, était en train de disparaître sous mes yeux et que personne, sinon moi, n'en voyait rien.

PREMIÈRE PARTIE

2

J'évoquais les signes qui auraient dû alerter l'opinion et lui donner quelque notion de l'épidémie. Ils furent nombreux. À leur manière, il n'est pas exagéré de dire qu'ils furent aussi spectaculaires. J'en ferai le compte et j'en donnerai une idée. Mais, paradoxalement, le propre des signes est de passer inaperçus. On les a dispersés de par le monde. Une divinité maligne les a proprement éparpillés parmi les apparences, de sorte qu'on dirait qu'elle les y a dissimulés ainsi. Cela fait comme un long rébus étalé au grand jour. Mais rien ne permet de repérer les éléments qui le composent et personne ne sait avec certitude le sens dans lequel il convient de les lire. Une fois que vous détenez la clef, ils forment la phrase. Et l'on s'étonne alors d'avoir mis si longtemps à la trouver. Le plus simple serait certainement de raconter les événements les uns après les autres et dans l'ordre où ils se déroulèrent. Pourtant ce n'est jamais ainsi qu'on les découvre. L'esprit les a mentalement enregistrés mais sans avoir saisi encore qu'ils appartenaient tous à une seule et même série de faits. On le réalise une fois que l'histoire à l'intérieur de laquelle ils prennent place est déjà bien engagée et qu'il est trop tard pour reconstituer la manière dont elle a commencé. C'est pourquoi je ne suivrai pas une hypothétique chronologie dont je sais à quel point elle serait trompeuse. Je partirai plutôt de ce que j'ai eu sous les yeux.

Je vivais depuis peu dans l'un des quartiers périphériques de l'une des plus grandes et vieilles villes d'Europe. J'étais né, j'avais grandi, j'avais longuement habité dans cette cité dont je pense préférable de ne pas préciser le nom puisqu'elle est à peu près devenue semblable à toutes les autres. Chacun pourra donc l'imaginer comme il lui plaît. Ce que je vais en dire vaudrait aussi bien pour n'importe laquelle. J'avais beaucoup voyagé, résidant partout sur la planète. Avec l'âge, et maintenant que mon existence avait retrouvé un cours plus stable, j'ai voulu revenir. « Chez moi », disais-je. J'ai fait l'acquisition d'un petit logement dans un des arrondissements les plus déshérités de la métropole. Même s'ils n'étaient pas négligeables au regard de la pauvreté qui désormais sévissait à l'entour, mes moyens ne me permettaient plus d'élire domicile à proximité des lieux de mon enfance, que la spéculation, déraisonnablement déchaînée depuis des décennies, avait en mon absence rendus inabordables. Je croyais retrouver ma maison, ma ville, mon pays et ce fut comme un nouvel exil. Peu de gens, à l'époque, souhaitaient s'établir en un endroit pareil à celui sur lequel s'était porté mon choix et qui, à juste titre et de l'avis de la plupart, apparaissait comme sinistre et dénué de charme.

Le quartier où je m'étais installé avait toute une histoire que j'ai apprise par bribes. On en faisait rarement état mais il restait sous la menace des grandes crues qui l'avaient autrefois dévasté. Le fleuve, sortant de son lit, débordant par-dessus les quais, s'était répandu partout, engloutissant les berges, inondant les galeries du métro, remplissant les caves, s'élevant jusqu'au niveau des étages supérieurs des immeubles dont les toitures de zinc qui seules surnageaient donnaient l'impression d'être comme des radeaux de fortune flottant sur la surface d'une mer lugubre. De nombreuses photographies d'époque ont témoigné de ce déluge. Le temps qu'il se retire — et cela avait pris alors plusieurs semaines —, le fleuve avait tout noyé et les probabilités étaient fortes, au dire des experts, que le phénomène se reproduise tôt ou tard.

Une telle perspective avait suffi longtemps à décourager les investisseurs les mieux avisés. La zone était restée en friche. Les seuls bâtiments qu'on y avait édifiés étaient des hangars plus ou moins provisoires qui avaient fini par durer vaille que vaille et qu'avait annexés à son profit la grande gare voisine afin d'y entreposer son fret et ses machines. Bien entendu, le prix du terrain était si bas qu'il s'était trouvé des spéculateurs plus audacieux ou moins scrupuleux pour construire malgré tout et avec l'accord de la municipalité dans le secteur inondable. Des habitations étaient sporadiquement sorties de terre. Elles avaient naturellement accueilli toute une population pauvre qui s'y était progressivement pressée. Ce furent d'abord des maisons de quelques étages faites pour les ouvriers tant que n'eurent pas fermé les unes après les autres les usines voisines qui les employaient. Les logements qu'ils laissèrent vacants furent repris par des locataires, des propriétaires issus de la classe moyenne ou de la petite bourgeoisie. Plus tard, on construisit de grandes tours dont le modernisme agressif découragea tellement les acquéreurs potentiels pour lesquels on les avait conçues qu'il fallut en brader les appartements. Profitant de l'aubaine, des familles immigrées, le plus souvent venues d'Asie, investirent les lieux dont elles firent leur domaine et qu'elles ne quittèrent plus. Mais les vieilles maisons comme les immeubles plus récents paraissaient perdus parmi un grand désert vétuste dont la majeure partie consistait en terrains vagues, en bâtiments lépreux que leur insalubrité avait condamnés et dont, souvent, ne restaient plus debout que des façades en trompe-l'œil aux fenêtres vides regardant sur des rues sans vie.

Très vite, le sentiment m'est venu d'habiter une sorte de cité fantôme. Peu à peu, j'ai compris pourquoi. Bien sûr, si l'on y réfléchit, c'est toujours chez des morts que l'on vit. On emménage dans les maisons qu'ils ont laissées et où, sans scrupule, en ayant fait l'acquisition auprès de leurs héritiers, on prend provisoirement leur place. Dans le quartier dont je parle, l'impression était renforcée encore par la proximité d'un de ces grands cimetières gris comme la banlieue en compte de si nombreux. À perte de vue, il s'étendait à quelques centaines de mètres, juste de l'autre côté du boulevard périphérique. Comme si on l'avait voulu assez voisin pour que la foule des défunts n'ait eu que la chaussée à traverser afin de prendre ses nouveaux quartiers parmi les croix et les stèles, les pierres, le marbre, le gravier et les fleurs artificielles. Peut-être étaient-ce leurs silhouettes de spectres que l'on voyait passer la nuit en processions lorsque les éclairaient les phares des voitures tournant à toute allure autour de la cité. Cela expliquait la cohue d'ombres dont certains soirs le boulevard de ceinture donnait le spectacle.

Lors de la dernière guerre, en raison de la gare voisine et de la faible densité de son peuplement, le quartier, comme beaucoup d'autres à travers toute l'Europe occupée, avait servi de lieu de détention et de zone de transit pour les populations destinées à être déportées vers des camps d'où, comme on sait, rares furent ceux qui revinrent. Les autorités d'alors, pour plus de commodité, y avaient également usé des grands hangars disponibles pour réceptionner, entasser, trier, conditionner, en vue de les dépêcher vers l'est, tous les biens de valeur méthodiquement soustraits aux maisons, aux musées du pays. Tout cela, je l'ai appris un peu par hasard. Il me fallut du temps pour que je réalise que les palissades devant lesquelles je passais en sortant de chez moi et qui formaient comme un écran de l'autre côté duquel rien ne restait debout déterminaient le périmètre exact de ce qui, au siècle dernier, avait proprement été une géhenne. La ligne du chemin de fer filait non loin de mes fenêtres. La nuit, il m'arrivait d'être tiré de mon sommeil par le bruit sourd, résonnant sous les tunnels, que faisaient sur les rails des locomotives en partance pour je ne sais où et dont je me figurais en rêve quels convois perpétuels elles acheminaient vers une horreur intacte.

On vit souvent, sans le savoir, en voisin de l'enfer. Comme on peut et malgré le démenti qui crève les yeux, on se convainc qu'il n'existe pas. J'habitais au lieu le plus bas de la ville. Et il n'y avait rien d'étonnant à ce que, selon les lois de la gravité universelle, à la manière d'une sorte d'entonnoir comparable à celui qu'un poète ancien a décrit, ce lieu reçoive, dégoulinant vers lui, toute la détresse physique et morale du monde. C'est vers lui aussi qu'avaient fui, quittant leur patrie, les hommes, les femmes, les enfants qui composaient la part la plus populeuse des citoyens du quartier : venus de pays exotiques et lointains d'où les avaient chassés la famine, la misère, la répression et, dans certains cas, pour dire vrai, le méticuleux massacre dont ils pouvaient légitimement passer pour les miraculeux rescapés. L'aventure sinistre à laquelle ils avaient survécu n'était pas inscrite sur leurs visages. Mais elle n'était pas compliquée à imaginer. Le caractère coloré de sa population n'entrait certainement pas pour rien dans la piètre réputation dont pâtissait le voisinage. Dans ma rue se trouvait un grand foyer destiné aux travailleurs immigrés. Le dimanche ou bien les jours d'été, quand ses pensionnaires soudainement désœuvrés se reposaient des tâches ingrates et mal payées qui faisaient leur quotidien, une grande et plaisante rumeur de palabres passait par les fenêtres ouvertes du bâtiment dans le cadre desquelles on apercevait des visages noirs par dizaines. Elle résonnait et remplissait la rue. Autour d'un brasero sur lequel l'un d'entre eux faisait cuire des épis de maïs, des hommes en costume traditionnel de leur pays s'assemblaient comme ils l'auraient fait sur la place d'un village d'Afrique.

L'immeuble voisin appartenait à l'Armée du Salut. Ou bien : à quelque autre organisation semblable, destinée à faire la charité dans une société qui avait renoncé depuis longtemps à garantir la justice. L'on voyait parfois y entrer ou en sortir des individus qu'autrefois on aurait qualifiés de vagabonds, de clochards, de pauvres hères, et qui portaient souvent sur eux

— sur leur visage, sur leur corps, dans leur allure — tous les stigmates bien lisibles de leur déchéance. Le bâtiment en question était l'œuvre d'un architecte fameux qui — était-ce par un trait d'humour noir ? — avait voulu lui donner l'apparence gaie d'une fastueuse villégiature méditerranéenne avec des façades rutilantes, des terrasses disposées en quinconce et plantées de petits jardins. Le passage du temps sur une construction qui n'avait guère été conçue pour le supporter, le manque des moyens qui auraient été indispensables pour la conserver en l'état donnaient un air de dérision à la chose. Parce qu'il passait pour un monument prestigieux et figurait à ce titre sur le circuit de la plupart des *tour operators*, sous la conduite d'un guide s'exprimant dans leur langue, des groupes de touristes étrangers venaient régulièrement photographier le bâtiment sans aucun souci de ce à quoi il servait vraiment. Ils ne s'aventuraient guère plus loin car la grande artère enserrant la métropole, qui passait à quelques pas de là, avait une fort mauvaise réputation de laquelle on les avait légitimement avertis : à la nuit tombée y traînait toute la faune prévisible des voyous, des vendeurs de drogue, des prostituées et des proxénètes.

La zone ! : comme l'on disait il y a un siècle pour désigner cette partie de la ville où, en lieu et place des vieilles fortifications destinées à la défendre, s'étaient multipliées les habitations de fortune et où se réfugiait, aux marges du monde prétendument civilisé, tout un petit peuple de parias et de réprouvés. Les choses finalement n'avaient pas beaucoup changé. Car telle était encore plus ou moins la physionomie du secteur quand je m'y suis installé. Ou plus exactement : elles étaient en train de changer. La spéculation immobilière avait pris de telles proportions dans le pays qu'il était apparu comme déraisonnable de ne pas exploiter les rares portions de la cité qu'elle avait jusque-là épargnées. Toute une réserve d'espace vierge ne demandait qu'à être lucrativement occupée. De plus, les progrès de la technique rendaient les architectes confiants. Peut-être : présomptueux. Ils ne doutaient pas de pouvoir prémunir leurs constructions contre les effets possibles d'une probable crue. Peut-être est-ce par prudence cependant que, recouvrant tout le tracé des voies de chemin de fer filant vers l'est, ils entreprirent de surélever le secteur où ils édifièrent leurs immeubles. Du coup, l'arrondissement acquit une allure étrange comme s'il se situait sur deux étages superposés que reliait tout un réseau compliqué de ponts, de rampes, de plans inclinés, d'escaliers mécaniques, et entre lesquels, tant qu'ils furent en état de fonctionner, des ascenseurs faisaient la navette. Le vieux quartier se retrouva en contrebas du nouveau qui lui avait été ajouté. Le contraste n'en était que plus frappant entre eux qui cohabitaient sans pour autant communiquer et dont les habitants donnaient parfois l'impression de former deux populations ignorantes l'une de l'autre. En bas : malgré les travaux de rénovation qui y furent bientôt conduits, la ville ancienne qui avait plus ou moins conservé son air du passé. En haut : la ville nouvelle dont frappait au contraire l'apparence hyperboliquement futuriste.

Lorsque j'y suis arrivé, devenu la proie des promoteurs, le quartier avait pris les dimensions d'un immense chantier. Partout de hautes palissades de planches protégeaient des terrains nus et attendant le moment prochain de leur mise en exploitation. Pour plus de sûreté et afin d'éviter le vandalisme, de grands grillages avaient été tendus de part et d'autre des rues. Des sortes de miradors pointaient de loin en loin. Des vigiles se promenaient avec leurs chiens pour dissuader les rôdeurs. Le vol systématique des matériaux de construction avait en effet tourné au vrai pillage organisé. Dès le lever du soleil, des cohortes d'ouvriers se mettaient au travail. De gros engins défonçaient les chaussées sur lesquelles ils laissaient les traces gigantesques de leur passage. Des tranchées ouvraient dans le sol des trous dont, de loin, on ne voyait rien mais qu'on se représentait semblables à des fosses énormes, à des puits vertigineux. Un perpétuel nuage de poussière flottait dans l'air. Le programme, visiblement, exigeait d'être exécuté sans délai. Même la nuit, la rumeur des machines ne se taisait jamais tout à fait. Elle faisait un ronronnement continu. Carte blanche, semble-t-il, avait été laissée aux architectes afin de donner toute la mesure de leur imagination un peu délirante. On aurait dit des enfants entassant sans rime ni raison des cubes colorés, cherchant à les assembler afin de voir jusqu'où les piles pourraient monter et quelles formes absurdes et bancales leur imposer que toléreraient les lois de leur art — sans parler de celles de l'équilibre. C'est ainsi que grimpèrent vers le ciel des tours qui domineront bientôt tout à l'entour et qui étendaient sur l'horizon un panorama plutôt anarchique d'immeubles flambant neufs aux silhouettes dégingandées de géants difformes et grotesques juchés les uns sur les autres.

3

J'ai l'air, j'en ai bien conscience, de raconter cette histoire comme on le faisait dans les vieux romans réalistes dont les auteurs commençaient par dresser leur décor avant d'y introduire leurs personnages, d'y faire vivre leurs intrigues. Peut-être, après tout, y avait-il du bon dans leur méthode. Elle montrait qu'un récit dépend toujours des lieux où il se déroule. Cela vaut particulièrement pour celui que je m'apprête à rapporter. Les événements dont il sera question — mais ils méritent à peine le nom d'« événements » et ils forment autre chose qu'un « récit » — auraient pu se passer n'importe où. Je ne doute pas qu'ils se soient produits semblablement ailleurs. J'en suis même convaincu et c'est la raison pour laquelle il me semble indispensable d'en rendre compte. Je l'ai progressivement compris et fus mis ainsi dans la nécessité d'étendre mon enquête. Mais, comme je l'ai expliqué, le phénomène s'est d'abord manifesté par toutes sortes d'indices minuscules qui se multiplièrent sous mes yeux et à portée de ma main. Il s'agit d'abord de dire ce qu'il en fut de ces signes.

Malgré ce que j'ai expliqué du quartier, je me plaisais dans l'appartement que j'y avais trouvé. Il était situé dans un petit pâté de maisons anciennes, providentiellement préservé parmi toutes les constructions modernes et hideuses qui étaient en train de pousser un peu partout. Plus exactement : il s'agissait, adossés à une grande et antique maison, de quelques bâtiments hauts de trois ou quatre étages qui, d'un côté, regardaient la chaussée et, de l'autre, surplombaient un spacieux carré de pelouse planté de quelques arbres, que protégeait un muret de pierre. Cela dessinait une sorte de triangle isolé du reste et qui remplissait l'espace exact d'un carrefour : un îlot ou bien une petite forteresse à la croisée de plusieurs rues. L'une d'entre elles plongeait immédiatement sous la terre et se transformait en un tunnel resurgissant vers le fleuve de l'autre côté de la voie ferrée tandis qu'une autre servait désormais à acheminer les lourds et bruyants engins destinés aux chantiers et dont la masse, lorsqu'ils passaient, faisait trembler jusqu'aux structures des édifices. La proximité du boulevard périphérique était absolument insoupçonnable en raison de l'ancienne ligne de ceinture qui, autour de la ville, avait laissé sa coulée verte et qui creusait un fossé quasi continu duquel émergeait une végétation exubérante et anarchique. Le bâtiment que j'habitais devait être vieux d'un siècle à peu près — ce qui faisait de lui l'indiscutable doyen du secteur. J'en jugeais ainsi moins par mes connaissances en matière d'architecture que parce que la silhouette de la maison et des immeubles qui se tenaient derrière elle, je l'avais reconnue sur des photographies d'époque contemporaines de l'ère de la grande crue.

Mes fenêtres dominaient ainsi un jardin silencieux dont la fraîcheur, dès qu'on les ouvrait, remplissait tout l'espace de la chambre, du salon, du bureau, les baignant d'une lumière calme. Le lierre couvrait d'un vert épais les murs des maisons mitoyennes auxquels il grimpait. Un arbre poussait ses branches les plus hautes presque à hauteur du toit. Depuis le dernier étage où je logeais, je contemplais le ciel, je regardais passer les nuages. Un « havre de verdure », pensais-je. Certains jours, je me sentais bien. J'avais fait, me disait-on souvent, une « bonne affaire » au vu de ce que le marché de l'immobilier était devenu. Cela tenait à la chance que j'avais eue plus qu'à une habileté à prospecter, à négocier dont j'étais totalement dépourvu. Le notaire m'avait fait remarquer, lors de la signature, que le bien que je venais d'acquérir ne manquerait pas de prendre rapidement beaucoup de valeur en raison du développement spectaculaire auquel l'environnement dans lequel il se situait était indiscutablement promis. Mais, comme je n'avais pas l'intention de le revendre, la fortune à la tête de laquelle je me trouvais restait purement virtuelle et je ne voyais pas de quelle manière j'aurais pu en tirer concrètement profit. En pratique, je me voyais endetté jusqu'au cou et redevable auprès de ma banque de remboursements qui s'échelonnaient sur une période si longue que je doutais parfois d'être encore en vie au jour où je deviendrais enfin le légitime propriétaire du logement dont j'avais fait l'acquisition.

Les changements furent prodigieux. Surtout : en raison de la vitesse à laquelle on les exécuta. En quelques mois, tout était devenu méconnaissable. Même ce que les promoteurs avaient laissé en place semblait différent maintenant que, sur ses deux niveaux, le quartier se trouvait dominé par la masse des constructions nouvelles qui y avaient été édifiées. Un tramway, destiné à tracer un cercle complet autour de la cité, était venu civiliser l'ancienne zone. De part et d'autre de la ligne s'étendaient des pelouses au bord desquelles d'élégants cafés, de luxueux restaurants disposaient les tables de leurs terrasses. Des commerces de vêtements, de téléphonie, d'informatique ouvraient aux enseignes semblables à celles qui fleurissent désormais partout en Europe, en Amérique, en Asie. À proximité de l'immense bibliothèque qui avait été inaugurée pas très loin de là quelques années auparavant, l'idée était d'accueillir deux ou trois universités afin de transformer l'endroit en une sorte de nouveau « Quartier latin » appelé à se prolonger ensuite de l'autre côté du périphérique. Des banques, des entreprises avaient également établi leurs sièges, leurs bureaux dans les environs. En plus du tramway, une ligne de métro, que son tracé relierait aux gares, aux aéroports de la métropole, devait permettre aux employés de se rendre à leur travail. Tout se trouvait en place afin que s'accomplissent les projets dont avaient rêvé les urbanistes.

Pourtant, quelque chose, visiblement, clochait dans leur plan et en menaçait la réalisation. Les commerces, les bars et les restaurants qui avaient subsisté ne se remplissaient pas de la foule attendue qu'aurait dû y former l'afflux des nouveaux venus. Beaucoup de magasins fermaient quelques semaines après leur inauguration : sans doute faute de clients. Aucun signe de vie n'était visible aux fenêtres, aux balcons des immeubles d'habitation. Personne ne paraissait jamais y emménager. Aussitôt passée l'heure à laquelle cessait le travail, les rues se vidaient d'un seul coup. Le quartier redevenait le quasi-désert qu'il avait toujours été. Avant même d'avoir été habité, il paraissait avoir déjà été abandonné. Cela renforçait encore l'apparence spectrale que je lui avais trouvée.

Pour prendre la mesure des changements en cours, je n'avais pas même besoin de sortir de chez moi. Il me suffisait de regarder par la fenêtre. Le carré de ciel bleu qu'elle découpait s'était progressivement rempli. De hautes grues y étaient apparues dont je n'apercevais que les cimes. Au loin grandit un premier immeuble. Il fut vite suivi de quelques autres qui finirent par obstruer presque complètement la vue. Un matin, en ouvrant les volets, j'eus la surprise d'apercevoir sur le bâtiment qui me faisait désormais face une fresque monumentale représentant le visage immense d'un homme sans nul signe distinctif sinon la spectaculaire moustache qu'il portait. Ses traits ne me disaient rien. Ils ne me semblaient ceux d'aucun personnage célèbre. Ses yeux sans expression fixaient le vide devant lui. J'avais le sentiment qu'ils me regardaient lorsque j'allais fumer à la fenêtre et qu'ils ne se détachaient jamais de moi. Ni le jour ni la nuit. L'idée absurde me vint — et je ne parvins pas à m'en défaire — que j'étais désormais soumis à une surveillance constante dont cette grande vigie aurait été personnellement chargée. En me levant, en ouvrant les volets, j'interrogeais en vain son expression comme si je m'attendais à ce qu'elle eût changé pendant mon sommeil.

Il s'agissait de la première des œuvres d'art dont la municipalité avait souhaité qu'elles viennent décorer le quartier, qu'elles le transforment en un vaste musée en plein air et qu'elles établissent ainsi la gratifiante réputation de mécène éclairé à laquelle le maire aspirait : par pure vanité certainement car les retombées électorales de son initiative paraissaient fort douteuses à en juger par la manière dont elle suscita le plus souvent la risée des habitants. Un appel d'offres avait été lancé, une commission d'édiles et d'esthètes constituée afin que soient passés de lucratifs contrats avec des peintres et des plasticiens choisis parmi la clientèle d'artistes subventionnés que favorisait le parti alors au pouvoir. Ils rivalisèrent vite d'audace et de mauvais goût, couvrant les murs assez vastes pour permettre l'expression de leur talent d'œuvres dont visiblement il avait été décidé qu'elles devaient équitablement représenter les tendances les plus diverses de la création contemporaine. L'une d'entre elles se limitait à cette seule inscription tracée en énormes lettres lumineuses clignotant dans l'obscurité et qui proclamait : « Ceci n'est pas une œuvre d'art. » Ce qui, sans se montrer très original, avait au moins le mérite d'être honnête et vaguement spirituel tout en formulant une vérité qui s'appliquait sans mal à la quasi-totalité des réalisations qui ornaient désormais les murs de l'arrondissement.

Le pur passage du temps se faisait visible comme rarement. Ainsi que chacun en a l'expérience, la mémoire fonctionne de telle sorte que, dans la continuelle succession des images qui la composent, les plus récentes prennent à mesure la place des plus anciennes, faisant disparaître petit à petit toute trace de ce que les précédentes montraient. Continûment, la physionomie de ce qui fut se trouve ainsi imperceptiblement oblitérée par le surgissement en elle de traits nouveaux qui l'altèrent par petites touches jusqu'à la modifier tout à fait. Sans pourtant qu'on en ait jamais conscience. Parce que le temps accomplit son œuvre en catimini, d'ordinaire, on ne voit rien du monde qui change. On ne réalise ce que fut sa formidable métamorphose qu'une fois qu'elle a eu lieu et à la condition que l'écart soit suffisant entre le souvenir qu'on en garde et le spectacle que la réalité offre désormais à nos yeux.

Même s'il y était plus spectaculaire, le phénomène ne se limitait pas au seul secteur que j'habitais. Il avait affecté tous les quartiers et notamment ceux, plus vénérables et touristiques, où j'avais grandi, où j'avais vécu. J'y retournais parfois et n'y retrouvais plus rien de ce que j'avais connu. Il n'y a pas de sensation plus étrange que celle qu'il éprouve lorsque ses pas conduisent un homme devant un lieu qu'il a, dans un passé lointain, habité. On voudrait pousser la porte, s'en revenir chez soi. On se demande qui poursuit l'existence qu'on a autrefois menée dans une maison qui n'est plus la sienne, sur laquelle on n'a plus aucun droit, où sa place n'est plus. Facilement, on se figure être un fantôme revenu hanter, invisible, les lieux où jadis il a vécu.

4

    Les dispositions d'esprit que je viens de décrire expliquent déjà un peu la découverte que je fis et les conditions personnelles qui la rendirent possible. Mais je ne voudrais pas donner à penser pour autant que les faits dont il me faut porter témoignage trouvent leur origine exclusive dans une certaine mélancolie propre peut-être à ma psychologie et faisant le fonds de mon caractère ou qui aurait dépendu des circonstances particulières de mon existence. Les sentiments que j'exprime viennent naturellement à tous les individus dès lors que ces derniers ont assez duré. En ce sens, alors même qu'ils passent pour tels aux yeux de ceux qui les éprouvent, ils sont les moins personnels qui soient. Chacun les ressent à son tour. Une loi d'airain gouverne la nature humaine. Nul ne s'y soustrait. Elle rend les êtres identiques les uns aux autres en raison même de ce qu'ils considèrent comme relevant de la part la plus singulière de leur sensibilité.

    Chacun est d'autant moins différent d'autrui que les expériences que connaissent les hommes et les femmes — et qui ne concernent essentiellement qu'eux-mêmes — se mettent mystérieusement en phase. Une pareille synchronisation donne à une période, à une époque son allure propre qui la distingue de toutes les autres. Il existe, a-t-on dit, des modes en tout. Cela vaut pour les manifestations les plus futiles du goût mais n'affecte pas moins le domaine des convictions philosophiques, idéologiques, religieuses et même la métaphysique implicite à l'aide de laquelle les contemporains, sans s'être jamais donné le mot, considèrent semblablement les grandes questions un peu oiseuses qui touchent à la vie, à son sens et auxquelles, de toute manière, ils ne trouveront jamais de réponse.

Je ne dispose pas des compétences qui seraient indispensables à qui voudrait analyser un pareil phénomène. Il ne m'appartient donc pas de dire la logique selon laquelle il agit. Je ne sais pas si ce sont les mentalités individuelles qui s'additionnent de telle sorte que, une certaine masse critique atteinte, une mentalité collective se forme. Ou bien : si cette mentalité collective, elle-même déterminée par des facteurs qui lui sont spécifiques, vient façonner les mentalités individuelles dont on s'imagine à tort qu'elles lui sont antérieures. Je me figure que c'est sans doute l'un et l'autre à la fois. Toujours est-il, on me l'accordera, qu'il en va ainsi. C'est pourquoi, je le répète, l'histoire que je raconte ne me concerne qu'accessoirement et ne dépend en rien des accidents de mon existence, des contingences propres à ma personne. Elle fut celle de tous. Si j'ai voulu dire d'abord le lieu et l'époque où elle se déroule, c'était afin d'en établir les circonstances. Cela me paraissait comme un préalable indispensable à ce qui va suivre et dont il me fallait souligner la portée générale. Je dirai même : universelle. Car je ne fus pas le seul à m'égarer dans un monde où tout se trouvait en train de disparaître.

À l'époque où je me suis installé dans mon nouveau logement, la manie s'était déjà imposée dans le monde de cette convivialité à l'américaine qui fait une obligation aux voisins d'entretenir les uns avec les autres des relations prétendument amicales. De sorte que, lorsqu'il s'y installe, le nouveau venu se croit contraint de faire le tour des logis qui entourent le sien afin d'y annoncer à chacun la bonne nouvelle de son arrivée. On considère comme normal de nouer avec ses semblables des liens qui vont de la simple courtoisie un peu distante à l'apparente ou authentique camaraderie. Ce n'était pas mon genre. C'est pourquoi j'ai cru ne pas devoir sacrifier à ce rituel que je jugeais assez hypocrite et dont j'avais peur qu'il donne à chacun autour de moi un prétexte pour pénétrer à sa guise dans mon intimité.

Je n'avais pas envie de frayer avec tous ces gens. Je dis : tous ces gens. Mais, en vérité, j'ai toujours ignoré qui ils étaient. Parfois, bien sûr, il m'arrivait d'en croiser certains. Et je me comportais avec eux de la manière policée que l'usage exige. En fait, la chose eut lieu peu de fois. Disons qu'elle se produisit rarement. Je veux dire : beaucoup moins fréquemment que l'on n'eût pu raisonnablement s'y attendre. Aucun signe de vie ne venait de l'immeuble. La plupart des appartements paraissaient vides. Sans doute se trouvaient-ils occupés par des locataires qui n'y restaient jamais très longtemps. Ou bien : à des fins de spéculation, leurs propriétaires préféraient les laisser vacants de manière à guetter à leur guise le moment où la spectaculaire hausse des cours de l'immobilier les déciderait à vendre leur bien afin d'empocher la plus-value au mieux de la législation fiscale en vigueur. Il m'est même venu à l'esprit que, seul, j'avais été laissé dans l'ignorance de faits connus de tous et qui avaient poussé les habitants à quitter les lieux les uns après les autres. Mais je n'ai pas poussé bien loin mon investigation. Je n'ai jamais cherché à savoir la raison du phénomène que je constatais. J'éprouvais seulement le sentiment étrange de m'être installé dans une sorte de maison hantée — que j'étais le seul à hanter —, elle-même située dans un quartier fantôme.

Il y eut des exceptions, bien sûr. J'en ferai état afin qu'on ne puisse m'accuser de déformer la réalité. On ne réside pas plusieurs années quelque part sans y tomber jamais sur quelqu'un. Le jeune homme d'à côté, à l'occasion, s'enquiert de savoir si l'on n'aurait pas déposé chez vous le paquet dont il attend la livraison. La vieille dame du dessous, assez embarrassée, lorsqu'elle vous aperçoit dans la cour, vous appelle à l'aide car elle ne parvient plus à se rappeler le code qui commande l'accès à la porte d'entrée. On rend un service, on échange quelques mots. Et puis des semaines passent sans plus personne — sinon, en l'absence de concierge, l'employé indien ou tamoul qu'une entreprise dépêche quotidiennement afin de sortir et rentrer les poubelles, de passer le balai et la serpillière dans les parties communes de l'immeuble, mais avec lequel aucune conversation n'est possible car il paraît ne pas connaître le français, ou bien répugner à le parler. Ce ne sont jamais que des apparitions. Elles restent sans conséquence.

Des gens qui viennent et qui s'en vont sans que l'on n'ait su rien d'eux et qui, à votre sujet, en ignorent tout autant.

L'immeuble paraissait parfois presque plus vivant que ceux qui l'habitaient. Je veux dire : qui semblaient l'habiter. Ou bien : qui devaient y habiter. Des appartements — comme s'ils avaient été doués d'une existence, d'une volonté autonomes — émanaient des messages dont on aurait dit qu'ils ne devaient rien à leurs hypothétiques occupants. Au fond de la cour, au rez-de-chaussée, une sorte d'appentis percé d'une unique fenêtre abritait une pièce dont la superficie ne dépassait pas celle des vieilles chambres de bonne alignées sous les toits au dernier étage des antiques demeures des quartiers bourgeois où j'avais grandi. Il en sortait la musique continuelle d'un piano qui jouait toujours les mêmes morceaux : du Chopin, du Schubert, du Liszt le plus souvent. J'imaginais un professeur faisant répéter ses élèves sur un instrument d'étude. Mais le doigté était trop délié, les fausses notes trop rares. L'exécution frappait plutôt l'oreille en raison de la virtuosité calme et assurée dont l'interprète faisait preuve. Il devait s'agir d'un vrai musicien. Peut-être d'un concertiste préparant le programme de son prochain spectacle. Ou alors d'un élève du conservatoire travaillant au répertoire d'un futur concours.

Les signes de la nuit n'étaient pas moins étranges que ceux du jour. Il m'arrivait parfois de me relever. Au plus noir de la nuit. Vers trois ou quatre heures du matin. C'est ainsi que j'ai remarqué qu'une lumière très vive brillait chaque fois aux fenêtres de l'appartement voisin. Il était situé au même étage que le mien et la disposition en coude du bâtiment me le mettait sous les yeux. Mais des rideaux épais étaient toujours tirés qui m'interdisaient de rien voir de ce qu'il contenait et d'apprendre à quelle étrange activité nocturne se livrait systématiquement son occupant. Peut-être y avait-il à tout cela une explication très simple : il partait très tôt au travail ou bien, pour quelque raison qui ne regardait que lui, il vivait la nuit. Dans ma tête, cependant, je ne pouvais m'empêcher de tourner et de retourner cette minuscule énigme qui s'ajoutait à toutes les autres que j'ai déjà citées. Elle faisait grandir dans mon esprit l'idée que je cohabitais avec des spectres.

5

Davantage que des êtres humains dont je n'apercevais jamais la figure, des oiseaux de toutes sortes avaient choisi l'immeuble pour y vivre : des pigeons, naturellement, les inévitables pigeons qui colonisent et souillent les cités, mais parfois des merles et d'autres encore dont j'étais incapable d'identifier l'espèce à laquelle ils appartenaient. Leur chant, l'été, accompagnait le lever du soleil. On les voyait en nombre sur les toits. Dans les jardinières de mon balcon où j'avais planté quelques fleurs qui dépérirent bien vite faute des soins que j'aurais dû leur donner, ils construisaient avec méthode et entêtement des nids où il leur arrivait de déposer deux ou trois œufs et que, sans même attendre qu'ils aient éclos, ils désertaient inexplicablement.

Pendant des mois, mon visiteur le plus fidèle fut un chat, magnifique, qui venait miauler à ma porte et prenait pension chez moi pour plusieurs jours de suite, s'installant sans scrupule sur mon canapé, sur mon lit, comme si mon domicile avait été le sien, et auquel j'ai assez vite accordé l'hospitalité. Je lui avais ouvert, lui avais offert le gîte et le couvert en imaginant qu'il s'agissait d'un animal perdu que la faim avait chassé hors de la grande friche hostile en quoi consistait encore le quartier et où il avait dû trouver refuge. Mais son relatif embonpoint, l'aspect luisant de son pelage, l'air de grande et souveraine santé qu'il arborait plaidaient mal en faveur d'une pareille hypothèse. Il s'agissait certainement d'un animal fort domestiqué qui jouissait simplement de la liberté que lui laissaient ses maîtres. L'opportunisme propre à son espèce devait le pousser à aller tenter sa chance partout où il le pouvait en quête des meilleures conditions que tel ou tel humain, à l'identité indifférente, lui consentirait. Pendant toute une année, il fut si assidu auprès de moi que j'en vins à penser que je l'avais adopté. À moins que ce ne fût l'inverse ! Puis un jour arriva après lequel, sans que j'aie jamais su ce qu'il advint de lui, il disparut pour de bon.

Un chat n'est pas grand-chose. Surtout un chat comme celui-là dont, en somme, je n'ai jamais rien su, qui ne prit à aucun moment la peine de me manifester, même vaguement, son affection ou sa gratitude et auquel je ne me considérais nullement attaché. Pourtant, je dois avouer que lorsque plusieurs semaines ont passé sans qu'il réapparaisse, je l'ai cherché. Je ne suis pas allé jusqu'à frapper aux portes de mes voisins — dont je savais qu'elles resteraient fermées — afin de demander si quelqu'un l'avait vu récemment. Comme ce chat n'était pas le mien, comme il pouvait appartenir à l'hypothétique maître que j'aurais été amené à interroger à son sujet, je ne voyais pas bien de quel droit et à quel titre je me serais enquis de son sort. Je m'imaginais encore moins disposer chez les commerçants du quartier, comme on le fait en de pareils cas, une affichette ornée de son portrait, signalant sa disparition, promettant une récompense à qui me le ramènerait. D'ailleurs, j'ignorais si l'animal était tatoué et l'idée ne m'était jamais venue de le photographier. Mais je tendais l'oreille, même dans mon sommeil, croyant parfois l'avoir entendu miauler, me levant de mon lit pour aller ouvrir en plein milieu de la nuit la porte derrière laquelle il ne se trouvait pas. Et le jour, sous l'œil de ma vigie moustachue qui semblait scruter les environs dans le même dessein que moi, j'allais souvent à la fenêtre afin de guetter son éventuel retour, observant autour de moi le jardin, les toits dans l'espoir que je verrais passer sa silhouette.

J'étais inexplicablement inquiet et je dois dire que, sans me l'avouer vraiment, l'anxiété vague que j'éprouvais finit par prendre les proportions d'une réelle angoisse dont je comprenais bien ce qu'elle avait d'absurde et d'irraisonné. Sous prétexte de la promenade quotidienne que je faisais afin d'aller acheter le journal et d'accomplir quelques courses, je me mis à explorer le quartier dans le désir imbécile d'y retrouver « mon » chat. D'abord je me limitai au voisinage immédiat. Mais, de jour en jour, le cercle que je traçais autour de l'immeuble prit une ampleur telle qu'il en vint à s'étendre jusqu'aux limites les plus lointaines de l'arrondissement. Et la petite marche d'une demi-heure que je consacrais à la chose remplit bien vite tous mes après-midi libres. C'est ainsi que je devins familier des environs et que je pus mesurer les formidables changements qui s'y déroulaient et auxquels je n'avais pas encore vraiment pris garde. Je poussais jusqu'au vieux quartier chinois et m'aventurais parmi le dédale qu'y forme sa galerie commerciale. Je passais de longs moments dans le tunnel assez sinistre, alors en cours de rénovation, qui plongeait sous la voie de chemin de fer et conduisait jusqu'au fleuve. Je me suis mis à traîner sur les trottoirs du boulevard de ceinture où la circulation automobile était devenue moins dense et frénétique en raison des encombrements qu'y provoquait la construction de la ligne nouvelle du tramway. Il m'est même arrivé de traverser la frontière qu'elle formait et de faire quelques pas dans la zone interlope et plus déshéritée encore qui sépare la cité de sa proche banlieue.

Mais, naturellement, ce sont les chantiers d'à côté où je l'ai surtout cherché. Il me semblait que j'avais le plus de chance de l'y retrouver. La surveillance continuelle dont ils étaient l'objet n'y interdisait pas tout accès. On découvrait toujours une palissade déplacée, un endroit où la clôture s'interrompait, où l'on avait négligé de la refermer. Lorsqu'il m'est arrivé de tomber sur des ouvriers ou sur des vigiles, j'ai simplement expliqué la raison de ma présence. Ils m'ont mis en garde contre les éventuels dangers qu'il y avait à se promener dans un lieu qui n'était pas fait pour les visiteurs et où la réglementation — sans parler de la prudence et du bon sens — exigeait des précautions — dont la moindre consistait dans le port d'un casque dont j'étais bien sûr dépourvu. Mais il faut croire que ces dangers étaient limités. Ou bien que, pénétrant à mes risques et périls, et en toute connaissance de cause, sur un terrain où je n'aurais jamais dû me trouver, ma seule responsabilité serait engagée en cas d'accident.

Derrière le rempart imparfait qui avait été élevé afin de protéger le chantier des possibles incursions s'étendait une sorte d'univers parallèle dont je suis devenu un habitué autant que me le permirent les rondes qu'assuraient ceux à qui la sécurité en avait été confiée. Avant que les travaux y débutent sérieusement, il présentait l'apparence d'un paysage proprement lunaire : un sol stérile et défoncé dont la surface, creusée de cratères, soulevée en monticules inégaux, passait, selon le soleil et la pluie, de l'état de boue à celui de poussière. La marque de la main humaine n'y manquait pas complètement. Des abris en préfabriqué qui devaient servir de hangars, du matériel de construction stocké en plein air, des véhicules et des engins garés dans un coin témoignaient d'une présence, d'une activité. Avec ses fondations s'enfonçant dans le sol, la base des immeubles à venir avait déjà été réalisée. On en voyait l'esquisse, devinant l'espace qu'ils occuperaient et la manière dont la chaussée s'organiserait autour d'eux. De la terre sortaient de loin en loin les premiers éléments des futures structures : cubes de béton et poutrelles d'acier. Comme si, depuis les profondeurs du sol, était en train de pousser d'elle-même la ville nouvelle. Ou bien : comme si ne demeuraient plus debout que les vestiges d'une cité ancienne depuis longtemps réduite à l'état de ruines et au bord de laquelle aurait campé une équipe d'archéologues en attente d'en exhumer les restes. C'était l'un et l'autre à la fois. De là venait la splendeur inquiétante de ce spectacle désolé. Il donnait à qui le contemplait l'impression de se tenir devant un paysage qui fût en même temps d'avant la création et d'après la fin du monde.

À errer ainsi, je me faisais l'effet d'être le témoin d'une catastrophe dont je voyais bien l'ampleur mais dont je me trouvais incapable de dire si elle venait d'avoir lieu, si elle était sur le point de se produire, si elle appartenait à un passé très lointain dont le présent conservait encore la trace ou bien si l'on en percevait seulement les prémices. Cela ressemblait à un séisme — selon l'idée, il est vrai très théorique, que j'en avais. La terre avait repris sa place dans le monde des hommes. Irrépressiblement poussée depuis ses propres profondeurs, elle avait secoué la grande surface de béton et de bitume uniformément étendue sur elle, l'avait craquelée de partout, avait ouvert en elle de vastes déchirures où elle redevenait visible. Comme si la cité avait été écorchée vive et que, là où la peau était partie, apparaissait la réalité vaguement monstrueuse et menaçante d'une chair obscènement exposée. Le chantier où je passais des heures, au milieu duquel je vivais désormais, présentait cette physionomie très incongrue et singulière. Les anciennes constructions abattues, les nouvelles encore dans l'attente d'être édifiées, il mettait à nu la matière même de la terre, depuis longtemps oubliée, méthodiquement recouverte, administrée, assujettie et civilisée. Il exposait soudain à l'air libre la substance insignifiante et archaïque sur laquelle reposait partout le monde édifié par la main de l'homme et qui, depuis longtemps, interdisait tout contact avec elle, la dérobait au regard. En plein cœur de la ville, cela prenait l'apparence d'un pan de campagne inculte et vide de toute végétation, d'un désert de dunes à demi effondrées, d'un pays déshérité où n'auraient poussé que des pierres, où manquaient l'eau et l'herbe.

DEUXIÈME PARTIE

6

Je pense inutile de préciser que le chat que je cherchais, je ne l'ai pas revu. Au bout de quelques semaines, j'ai renoncé aux excursions idiotes dans lesquelles je m'étais engagé. J'ai fini par ne plus penser si souvent à lui. Mais son souvenir parfois me revenait à l'esprit. Je me demandais s'il était mort, s'il s'était perdu, s'il était retourné auprès de son maître ou bien en avait pris un autre, où il était passé. Je ne peux pas dire que j'ai eu beaucoup de peine. J'ai parlé d'« angoisse » à propos de l'état dans lequel me mit son départ. Je maintiens ce mot mais il est préférable que je l'explique. Le trouble qui survient n'est pas nécessairement proportionné à l'événement qui le cause. Une minuscule contrariété suffit parfois. Tout l'échafaudage mental que l'on a construit au cours de sa vie et qui confère son apparente solidité à la structure de son cerveau semble vaciller. Une petite pièce manque quelque part à l'ensemble qui se met à branler et menace de basculer de tout son long. C'est ainsi que l'on devient fou, je crois. Littéralement : pour rien. Sauf que, dans la plupart des cas, l'esprit retrouve de lui-même son assise. Et il parvient à oublier le petit moment de vertige où la terre s'est mise à trembler quand le sol a paru se dérober sous ses pieds.

Quoi qu'on perde, on a le sentiment étrange d'avoir tout perdu avec l'être ou l'objet qui disparaît. Sans doute parce que quelqu'un, quelque chose nous manque depuis toujours dont chaque nouvelle défection nous rappelle l'absence. Je sais parfaitement ce qu'il y aurait à dire d'un tel phénomène et comment on explique d'ordinaire l'incurable nostalgie, la sensation d'exil que partagent tous les hommes et qui donne une signification si poignante, si pathétique à la plupart de nos existences. Il est difficile, peut-être impossible, de se défaire de l'idée que chacun d'entre nous a été privé, pour une raison qu'il ignore, d'un bien qui fut autrefois en sa possession, qui le comblait parfaitement, dont il ne se rappelle plus que vaguement la nature et le plaisir qu'il en tirait mais qui continuellement lui fait défaut désormais. C'est pourquoi la disparition la plus dérisoire peut s'avérer si dévastatrice. Elle réveille le grand sentiment d'abandon qui ne désempare jamais, contre lequel on se protège comme on peut mais duquel personne ne triomphe longtemps. En perdant quelque chose à quoi l'on tient, c'est soi-même que l'on perd du même coup. On se perd. Je veux dire aussi que l'on se retrouve tout à fait égaré dans un monde soudainement privé de tous les repères qui permettaient de s'y orienter et qui lui conféraient son sens.

Je me demande maintenant si cette déconvenue infime en quoi consista la perte de mon chat ne fut pas l'événement qui entraîna tous les autres à sa suite. Un trou avait été ouvert dans l'univers, par lequel il était passé, partant on ne sait pour où. Cela ne faisait qu'un tout petit accroc dans le tissu bien tramé de la réalité mais qui en signalait l'usure et à partir duquel toute l'étoffe des apparences menaçait de se déchirer, de s'effilocher et de finir en lambeaux, de terminer en haillons. De fait, si j'entreprends malgré tout de reconstituer la chronologie des événements dont je parle, et si illusoire que je sache une telle tentative, j'aurais bien envie de dire que c'est alors que tout a commencé. En tout cas, à ce moment-là, je me suis mis à considérer le monde d'un autre œil, mesurant à quel point tout y paraissait précaire, soumis à la loi d'un devenir qui effaçait semblablement les choses, depuis les plus petites jusqu'aux plus grandes, ne laissait rien en place et faisait s'évanouir la réalité comme si elle avait eu aussi peu de substance qu'un simple mirage.

Ce que je nomme l'« épidémie » débuta ainsi : avec un chat que j'imaginais se faufilant entre deux palissades et puis se perdant au fond d'un terrain vague sans laisser de trace pour ne plus jamais donner signe de vie à quiconque. Cette disparition-là valait pour toutes les autres et, d'un certain point de vue, si paradoxal que ce point de vue puisse paraître, elle en constituait la cause. On dit que le battement d'ailes d'un papillon volant en plein milieu de la forêt amazonienne suffit à faire vibrer l'air de telle sorte que des tempêtes s'amassent et se déchaînent à l'autre bout de la planète. Pour peu qu'ils aient été disposés comme il faut, la chute d'un seul domino entraîne celle de tous les autres. Une cellule se dérègle, se dédouble et prolifère au point qu'elle en vient à répandre un mal incurable dans tout l'organisme. Un bacille contamine un rat et la peste s'en va ravager une ville ou même un continent. Un atome, s'il se scinde, entraîne la réaction en chaîne qui fera s'épanouir une monstrueuse fleur de destruction s'élevant dans le ciel au-dessus d'une cité soufflée et irradiée. Je pourrais encore multiplier les exemples. Toutes ces choses sont bien connues et personne ne les met en doute : les plus petites causes produisent les plus grands effets. Je ne voyais donc rien d'invraisemblable à ma thèse. La désertion d'une seule créature mettait le monde en péril comme si tout le château de cartes des apparences s'effondrait dès lors que l'une d'entre elles manquait quelque part, que ce soit au sommet ou à la base, au centre ou bien sur l'un des côtés. Car l'effet partout était le même qui conduisait inéluctablement à la piteuse chute de tout l'édifice.

Chacun fait l'épreuve de voir disparaître ce qu'il aime, sans doute. C'est la règle et elle ne souffre pas d'exception durable. Si comblé que l'on soit par la vie, il faut à un moment ou à un autre se dessaisir de tout ce qu'elle vous a donné. Le temps qui passe, la mort qui vient exécutent la besogne. On le sait et on l'ignore. Si l'on y réfléchit, rien n'est plus étonnant que cette formidable faculté d'oubli que mobilisent mentalement tous les hommes afin d'ignorer ce qu'ils savent pourtant. Ils construisent des demeures et accumulent des biens, s'unissent et se reproduisent, constituant tous comme un petit empire à leur mesure qu'ils font prospérer autant qu'ils le peuvent et sur lequel ils se donnent l'éphémère illusion de régner. Mais il leur faudra tout rendre au néant dans lequel, à leur tour, ils disparaîtront enfin. Je n'exprime ces banalités plus ou moins philosophiques que parce qu'elles se trouvent systématiquement méconnues. L'existence l'exige, et c'est très bien ainsi, aucune conscience ne pouvant supporter la perspective, au fond assez terrible, dont je parle ici.

J'ai toujours pensé qu'il n'existait pas d'étalon objectif qui permette de mesurer les unes par rapport aux autres les souffrances que subissent les hommes. Ce qui rend les douleurs qui les affligent aussi relatives qu'absolues. La plus petite peut dépasser en intensité la plus grande. Cela signifie aussi que la plus grande peut passer presque inaperçue auprès de la plus petite. Le même sang coule d'une égratignure superficielle et d'une plaie profonde. Une fois que l'on a assez vécu, on en vient à ne plus trop savoir comment discriminer entre les épreuves par lesquelles on a passé. On les confond presque et elles paraissent comme les moments indifférents d'une seule et unique catastrophe à laquelle, au bout du compte, se résume son existence.

Je ne saurais donc dire quelle perte fut la première dans ma vie. Et je ne saurai dire davantage de quelle perte procédèrent toutes les autres dont il m'arriva d'être le témoin. Si quelque chose lie les hommes les uns aux autres, il me semble que c'est le sentiment que tous partagent du même vide auprès duquel ils se tiennent et au sein duquel ils risquent toujours de sombrer. Le monde lui-même a la semblance assez exacte de ce que les textes saints nommaient une « vallée de larmes ». On s'y noie. Je me représente la scène ainsi : une pluie de pleurs tombant continûment du ciel, durant des semaines et des semaines sans jamais le répit d'un jour d'accalmie, ruisselant le long des reliefs, faisant des flaques un peu partout et s'accumulant sur une terre engorgée jusqu'à ce que le niveau des eaux s'élève et menace toute forme de vie sur la planète, la mer montant à l'assaut des rivages, les océans faisant leur jonction au-dessus des cimes les plus hautes qui surplombaient les chaînes des montagnes. Plus rien d'autre qu'une vaste étendue liquide, vide et sans vie, où l'on perd pied et s'enfonce.

J'ai toujours eu la terreur de mourir ainsi : la sensation du corps dans l'eau qui cherche en vain ses appuis dans le vide, comme si des créatures invisibles le prenaient aux chevilles et le tiraient vers le bas tandis que les bras, les jambes font en vain le mouvement qu'il faut pour remonter à la surface, la tête s'enfonçant dans le bleu, ou le vert, ou le gris, pour lequel les yeux des hommes ne sont pas faits et où l'air manque jusqu'à l'asphyxie.

7

Mais je vais trop vite. Ou bien : trop lentement. Je passe à saute-mouton par-dessus les épisodes qui sont pourtant indispensables à mon récit. Et, sachant bien que je devrai tôt ou tard en venir à eux, je diffère le moment de leur faire la place qu'il faudrait dans l'histoire.

J'ai déclaré que j'en dirais le moins possible sur ma vie. Parce qu'elle ne regarde que moi. Parce qu'il m'est arrivé trop souvent d'en parler. Parce que je désire porter témoignage d'un événement dont je suis convaincu qu'il dépasse de loin le cas qui me concerne et ma seule et pauvre petite personne. En même temps, et je l'ai dit aussi, j'ai bien conscience que le rapport que je soumets à l'attention du monde n'aura quelque valeur qu'à la stricte condition de reposer sur des faits dont, en mon nom propre — même s'il se cache derrière celui d'un autre —, je pourrai me porter garant et pour lesquels, en ce sens, et parce qu'ils me seront arrivés, je saurai produire la preuve qu'ils ont bel et bien eu lieu. Ces deux exigences s'opposent et je ne vois pas comment les concilier. Mais je suis convaincu de ne pas pouvoir taire complètement certaines des circonstances intimes dont mon récit, en vérité, dépend.

    Le sentiment de perte dont je parle concerne tous les hommes. Pourtant chacun l'éprouve différemment — et avec une intensité variable — selon les conditions que lui fait son existence. Autrefois, ma fille unique était morte. Elle était âgée de quatre ans. Je n'ai pas trop le cœur de raconter ici comment. De plus, je crois que cela serait assez inutile. Chacun peut imaginer l'intensité d'une pareille peine sans qu'on lui en fasse le récit. Et en même temps, on ne s'en fait une idée juste qu'à la condition d'être soi-même passé par une telle épreuve. De sorte que tout ce que je pourrais en dire se révélerait vain. Ce que signifie la mort d'un enfant, tout le monde le sait, tout le monde l'ignore. Cela vaut même pour ceux qui ont été personnellement confrontés à un deuil semblable et qui parfois ne réalisent pas davantage que les autres ce qui leur est advenu. Perdre un enfant : le cas n'est pas si rare qu'on le croit — qu'on préfère le croire. Les exemples sont finalement nombreux autour de soi. C'est pourquoi il serait ridicule de revendiquer un privilège au prétexte que l'on a vécu un drame de cette nature. Je ne prétends pas avoir compris ce qui m'était arrivé. Je ne saurais tirer une quelconque vérité de cette expérience. Et si une telle vérité existe, sans doute échappe-t-elle à tout entendement. Y compris le mien. L'esprit humain est ainsi fait qu'il ne parvient pas à prendre la mesure complète de l'événement qui le dévaste. La stupéfaction que la douleur provoque le protège des effets qu'elle produit et constitue la condition de sa survie. Ce fut certainement mon cas aussi.

Tout cela avait eu lieu il y avait bien longtemps désormais. Mais, comme on dit, j'avais le sentiment que cela datait d'hier. La douleur avait certainement perdu de son intensité première. Ou du moins : elle avait changé de nature. Une comparaison me vient malgré son caractère absurde et peu approprié en apparence à un cas tel que le mien. Comme j'avais connu cette épreuve à une époque où j'étais encore jeune et où mon existence d'adulte n'en était qu'à son commencement, je me faisais l'impression d'avoir été comme un boxeur envoyé au tapis par surprise dès la première reprise de son premier combat. « Sonné » est le mot qui convient. Et même s'il se remet debout, reprend la lutte, une certaine hébétude ne le quitte plus. D'où un air un peu idiot qu'il est facile de confondre avec celui que confère la sagesse mais qui ne trahit en réalité que l'abrutissement de la conscience. À cette expression, on reconnaît tous ceux qui ont été un jour vaincus par la vie et qui n'escomptent plus prendre leur revanche sur elle. Même si elle fut honorable, ils traînent avec eux toujours la honte de leur défaite. On y prête rarement l'attention qu'il faudrait mais dans la rue les corps, les visages sont nombreux qui racontent ce genre d'histoires.

Une fois, j'avais vu un homme de cette espèce. Ils étaient beaucoup à traîner dans le quartier. J'imagine qu'ils venaient du refuge voisin qui ne leur accordait pas trop longtemps l'asile et les remettait dès que possible à la rue, les laissant sur le trottoir au matin quitte à leur ouvrir de nouveau ses portes la nuit venue. Chaque jour, tout un peuple prenait ainsi possession du pavé puis disparaissait avec le soir. Et le lendemain, cela recommençait. Ils arpentaient la rue de long en large. Quand la fatigue se faisait trop pesante, ils se plantaient à un carrefour. Et quand ils n'en pouvaient plus, ils se laissaient tomber par terre sur le coin de chaussée qui leur paraissait le moins inhospitalier. Ils sollicitaient mécaniquement et sans beaucoup de conviction dans la voix la charité des hommes et des femmes qui passaient à leur portée et qui, bien sûr, ne leur accordaient jamais aucune attention. Ils semblaient invisibles. Des gens qu'on ne regarde pas, qu'on n'entend pas, desquels on se détourne comme on le fait d'un déchet qui encombre le caniveau et dont on s'énerve un peu du pas de côté qu'il oblige à faire pour ne pas souiller les semelles de ses souliers. Assez nombreux pour former une petite foule dispersée dans les villes, s'agglomérant autour des institutions qui leur portent secours, et pourtant dotés aux yeux des autres d'aussi peu de consistance que des ombres ou des silhouettes de fumée. Le monde a décidé une fois pour toutes de faire comme s'ils n'existaient pas au point qu'on les dirait prisonniers d'une sorte de zone fantôme dans laquelle personne ne cherche jamais à savoir par quelle infortune ils ont basculé, une espèce d'espace-temps légèrement décalé par rapport à la réalité, vaguement perceptible derrière un rideau immatériel et à moitié opaque qui prohibe en théorie tout passage d'un côté à l'autre de la frontière qu'il trace.

Depuis longtemps, la misère avait mené sur les trottoirs des grandes villes tout un peuple d'hommes et de femmes portant les stigmates de plusieurs saisons dans les rues, formidablement fatigués et abattus. Ils étaient nombreux à afficher des signes de dérangement mental qu'aggravaient vraisemblablement la précarité de leur condition, l'inactivité, la malnutrition et l'abus d'alcool. Mais, bien sûr, personne n'aurait su dire si leur état avait été la cause qui les avait d'abord poussés à la rue ou si l'existence qu'ils y menaient et à laquelle les avait conduits ce qu'on appelle pudiquement un « accident de la vie » — divorce, chômage ou maladie — expliquait les symptômes très évidents qu'ils présentaient, qui délabraient leur corps et leur esprit, leur interdisant définitivement tout espoir de retour à une situation normale.

Je n'ai aucune intention de me donner le beau rôle dans l'histoire que je relate et où ma part personnelle est d'ailleurs très secondaire. Il ne tiendrait bien sûr qu'à moi de le faire. Mais je n'en vois pas l'intérêt. En vérité, mon comportement était tout à fait identique à celui que je décrivais et qui est désormais devenu la règle. Je ne donnais jamais d'argent, je ne répondais plus depuis longtemps quand quelqu'un dont je soupçonnais qu'il s'agissait d'un mendiant m'interpellait de loin, m'adressait la parole ou même m'accostait dans la rue. Je passais mon chemin, comme on dit. Ce n'était pas pour la pièce ou la cigarette que j'aurais données, pour les deux ou trois mots que j'aurais dits. Mais parce qu'un tel geste, si je l'avais accompli, m'aurait obligé à prendre acte de cette misère à laquelle je ne pouvais rien, m'engageant dans un commerce, si limité et insignifiant fût-il, avec un individu qui, profitant du contact personnel établi avec moi, aurait bien évidemment cherché à en tirer tous les avantages qu'il attendait légitimement. Les règles de ce jeu sinistre étaient bien connues. C'est pourquoi la meilleure attitude consistait à se dérober. Et puis, surmonter l'espèce de répugnance instinctive que suscite le spectacle du malheur n'est pas toujours facile : qu'on le reconnaisse ou pas, si absurde que soit l'idée, on craint de se retrouver contaminé par l'infortune d'autrui. Reconnaître qu'elle existe revient à admettre qu'un tel sort puisse vous toucher aussi. Alors, on se détourne. Naturellement, à agir ainsi, nul n'est très fier de lui. Mais la vérité la plus triste à avouer : la petite honte que l'on éprouve à se comporter de cette manière fait grandir encore la haine que l'on porte à ceux qui vous forcent à une pareille conduite.

Celui-là était assez jeune. Je veux dire : plus jeune que moi. Très grand, très mince, la barbe et les cheveux longs, sale de bas en haut, raide dans la crasse de ses habits jamais changés, il allait les pieds nus. Une figure de Christ. Avec un air de fou dont on ne savait trop s'il était celui d'un authentique dément ou bien d'un vague illuminé. Les vagabonds et les prophètes ont toujours eu des affinités. C'est pourquoi on les considérait avec le même respect à l'époque où l'on tenait encore certaines choses pour sacrées. Il se distinguait des autres par sa haute taille et la façon dont il se tenait très droit au milieu du trottoir, dominant au moins d'une tête la plupart des passants qu'il forçait à le contourner. Il frappait surtout par son exubérance. Il haranguait littéralement la foule. Son discours était si confus qu'on ne le comprenait pas. Pour en saisir le sens, sans doute aurait-il fallu s'arrêter et lui prêter longuement l'oreille. Ce dont chacun se gardait bien, pressant le pas, détournant le regard. Au mieux, arrivé à sa hauteur, on attrapait quelques mots, une ou deux phrases. Il y en avait qui revenaient en boucle dans sa bouche. Il disait qu'il avait perdu son enfant, que sa fille était morte. Il n'y avait pas moyen de deviner s'il maudissait le sort, prenait le monde à témoin de son injustice ou bien s'il sortait son meilleur argument afin de susciter la sympathie de ceux qui l'entendaient. Les deux, certainement. Mais sans grand succès. Sa parole ne paraissait adressée à personne en particulier et chacun pouvait donc prétendre qu'elle ne le concernait pas. Il conversait avec le vide.

Peut-être disait-il vrai. Ou peut-être pas. On pouvait très bien imaginer que le drame dont il parlait lui avait fait perdre la raison et était cause de la dégringolade psychique et sociale qui l'avait jeté à la rue. Il pouvait aussi bien avoir fabriqué cette fable. Cyniquement et avec la même application que les mendiants mettent à inventer puis à débiter dans les voitures du métro sur un ton très théâtral le petit monologue dans lequel ils exposent aux voyageurs le récit de leurs déboires. Le contenu en est sans doute authentique mais, en raison de la manière affectée dont ils le présentent, leur prestation cent fois répétée prend aussitôt l'allure d'un pur et pitoyable numéro de cabotin qui suscite l'incrédulité quand ce n'est pas la risée générale. Même s'il disait vrai, ce qui n'était pas certain, le malheur dont il se plaignait prenait un air d'irréalité. On aurait dit qu'il faisait la réclame de son propre chagrin.

Forcément, les quelques fois où je l'ai vu dans la rue, sans pourtant m'arrêter ni lui apporter une aide qu'il ne paraissait même plus demander, pour les raisons que j'ai dites, l'idée m'a traversé l'esprit que j'étais lui, qu'il aurait pu être moi. La manière dont il se donnait en spectacle, dont il faisait commerce de sa détresse me mettait mal à l'aise. À ma façon, je n'étais pas certain d'avoir toujours agi autrement. Sa très visible déchéance me répugnait dans la mesure évidente où je comprenais bien qu'elle aurait pu également être la mienne. L'épaisseur d'une feuille de papier nous séparait. Toute la différence entre nous tenait à rien. Visiblement, il était devenu fou quand je ne l'étais pas. J'avais su donner à ma propre démence une apparence compatible avec les exigences d'une vie sociale et ce n'était pas son cas. Je ne me sentais pas pour autant supérieur à lui. Je ne considérais absolument pas ma situation comme un motif de fierté. L'idée ne me serait certainement pas venue de m'en vanter, prétendant que j'avais su triompher d'une épreuve à laquelle, lui, il avait succombé et que cette victoire, je la devais à des qualités personnelles dont je puisse me féliciter, m'enorgueillir. Je pensais même plutôt le contraire. Je m'en étais tiré et c'était tout. Je lui donnais raison. J'avais eu plus de chance. Je m'étais montré plus habile. Je veux dire que j'avais manqué du courage dont il avait fait preuve. C'est lui qui était dans le vrai, exhibant sa vie en loques aux yeux des passants, témoignant devant tous de l'insupportable scandale dont les femmes et les hommes ne veulent jamais rien savoir.

Un jour, on ne l'a plus vu. Peut-être était-il parti tenter sa chance dans un autre quartier. Y rejouant le même rôle, espérant qu'il lui vaudrait ailleurs un meilleur succès. Un peu comme un artiste qui s'en va en tournée et installe ses tréteaux sur un nouveau trottoir. Ou bien : sa perpétuelle présence avait fini par indisposer le voisinage ; à la demande des habitants et des commerçants de la rue, on l'avait fait monter à bord d'une fourgonnette de police, d'une ambulance, d'un véhicule des services sociaux. Il avait été hospitalisé, interné, et son délire, assourdi par les drogues dont il était assommé, se perpétuait quelque part dans la retraite d'une clinique de la banlieue. Toutes sortes d'autres hypothèses n'étaient pas moins plausibles. Sans cause apparente, comme cela arrive parfois à ceux dont le corps et l'esprit sont trop usés, il avait pu mourir, laissant son cadavre sous un pont, entre deux poubelles ou dans le renfoncement d'une porte cochère. Il disparut. Et lorsque je repassais sur le coin de chaussée dont pendant des semaines il avait fait la scène de son théâtre personnel, je me demandais dans quel vide sa vie avait versé.

Depuis la mort de ma fille, je vivais dans le vague. Je ne parvenais pas à me fixer sur les faits et les choses qui composent la matière de toute existence. Même ma vie m'apparaissait comme celle d'un autre qui l'aurait vécue à ma place et avec lequel je n'entretenais que des rapports assez relatifs. Les événements qui auraient dû me concerner directement, je les considérais avec un air toujours distrait qui suscitait la perplexité de mes proches et que je ne savais pas leur expliquer. Ce n'était pas de l'indifférence. Plutôt quelque chose comme de l'incrédulité. Comme si j'avais eu du mal à prendre la réalité au sérieux et à accorder foi à ce qu'elle nous offre, sachant d'expérience qu'elle est susceptible de nous le refuser aussi bien ou de nous le retirer aussitôt. Cela prenait l'apparence d'une espèce de léger vertige. Le monde me semblait comme animé d'un mouvement continuel, à peine perceptible et qui pourtant le faisait bouger en permanence, en modifiait les formes, en déplaçait les contours. Je sentais sous mes pieds les remuements distants d'un grand tremblement, d'une sorte de séisme dont j'avais l'impression d'être le seul à percevoir l'imminence, qui fatalement enverrait tout par terre et qui m'empêchait déjà de prendre nulle part un solide appui sur le sol.

Cela datait d'hier, disais-je. J'avais beau faire le compte des jours, des mois, maintenant des années, ils coulaient comme du sable entre mes doigts. Le temps s'était arrêté, immobilisé comme lorsque la pendule se fige dans un rêve et marque à perpétuité l'heure d'un instant après lequel plus aucun autre ne viendra jamais. Ou bien : il s'était emballé au point de parcourir en une seule seconde toute la durée qui m'avait été impartie au départ et qui s'était aussitôt évanouie sans que j'en sache rien. Je ne peux pas décider laquelle de ces deux images est la plus juste. Disons : la moins approximative. D'ailleurs, elles reviennent au même. Le temps avait été privé de la faculté rassurante et raisonnable qui le fait progresser selon une mesure humaine.

C'était hier, c'était il y a un siècle. Je n'avais plus aucun moyen de discerner vraiment comment le temps passait pour les autres. Je me retrouvais à flotter dans une sorte de perpétuel présent. Il ramenait des journées interminablement identiques qui ne s'additionnaient pas les unes aux autres et dont chacune paraissait s'étirer dans toutes les directions à la fois sans pour autant contenir quoi que ce soit. Mais, à nouveau, il est possible que j'exagère la singularité de mon cas. Peut-être en va-t-il de même pour tout le monde. Je parle de cette sensation soudaine qui, un jour, plus ou moins tôt, plus ou moins tard, vous saisit. L'on réalise que le temps a fui dans son dos. À son insu. On se retourne et l'on sent le passé qui pèse de son poids immense sur ses épaules. Il suffit d'avoir vieilli. Et quelle que soit la vie que l'on a vécue, cela arrive à chacun.

8

J'en dis trop. Je n'en dis pas assez. Je laisse entendre que l'expérience dont je parle concerne tous les hommes. En même temps, j'insiste trop sur ce qu'elle eut de personnel pour être tout à fait crédible. Je ne sais pas quelle part exacte le souvenir de ma fille prit dans ma décision de retourner dans la ville où nous avions vécu autrefois et où je devais bien avoir un peu l'idée que je la retrouverais sous une forme ou sous une autre. Je voulais rentrer « chez moi » et cela signifiait bien sûr : « auprès d'elle ». L'allure spectrale que je prêtais au monde tenait à son absence. Elle faisait comme un grand vide que réfléchissaient toutes les apparences. La ville était devenue un terrible et mélancolique palais des glaces dont les miroirs démultipliés ne reflétaient rien — c'est-à-dire : personne — et donnaient ainsi le spectacle d'un monde où tout avait disparu avec elle. Je veux bien — comment le nier ? — que la découverte que je fis ait été due à cette vieille histoire dont je ne dis rien ou presque mais dont je savais, mieux que quiconque, que je n'étais jamais sorti. Je l'avais perdue et, en un sens, j'avais tout perdu avec elle. L'univers avait pris pour moi la semblance exacte d'un décor désert où j'assistais à la désolante défection de tout ce que j'avais aimé en lui. Mais, une fois encore, je crois assez qu'il en va de même, passé un certain point, pour tous les hommes.

Il y eut autre chose dont il me faut, je crois, également parler si je veux avoir tout dit — pour autant que cela soit bien sûr possible. L'époque à laquelle je décidai de reprendre un domicile dans la ville où j'étais né fut également celle où ma mère était en train d'y mourir. Je n'ai pas davantage le cœur à raconter comment. J'aurais le sentiment de la trahir un peu et d'exposer au regard de tous quelque chose d'intime et qui ne regarde personne. De plus, ce que j'ai dit plus haut de la mort d'un enfant vaut aussi de la mort d'une mère. À quoi bon entreprendre le récit de ce que chacun sait et préfère pourtant ignorer ? On peut — peut-être devrait-on ? — laisser en blanc les pages d'un récit lorsque n'importe qui se trouve en mesure de les remplir avec ce qui lui vient de sa propre vie. C'est pourquoi je ne dirai ici que le strict nécessaire, abandonnant à chacun le soin d'imaginer le reste.

Même si elle s'accéléra de manière terrible dans les derniers mois, son agonie dura un ou deux ans. Elle se déroula selon le schéma assez implacable que les progrès de la médecine ont rendu banal et qui lui permettent désormais de prolonger au-delà du raisonnable la plupart des existences humaines. À l'âge qu'elle avait atteint — elle mourut à la veille de son quatre-vingt-dixième anniversaire —, le temps l'avait usée physiquement et mentalement. Elle avait eu sa part de chagrin dont j'ai déjà donné un peu idée. Ces épreuves ajoutaient pas mal de noirceur, certainement, au tableau déjà assez sinistre d'une vie qui vieillit. Son cœur montrait depuis longtemps des signes de faiblesse inquiétants qui la mettaient dans un état de perpétuel épuisement. Il lui avait fallu se résoudre à une opération dont les chirurgiens, vu son état, ne dissimulaient pas le caractère périlleux. Après toute une série de déconvenues, de tergiversations, de tentatives reportées, avortées et puis ratées, à l'étonnement général, l'intervention s'était soldée par un succès. Mais le délabrement de son organisme, probablement aggravé par les soins qui avaient été indispensables à sa survie, prit rapidement des proportions alarmantes. Les forces qu'elle retrouvait, remontant la pente, lui permettaient de recouvrer un peu de l'autonomie qu'elle avait perdue, de rentrer chez elle, mais pour des périodes toujours plus courtes tant sa condition exigeait désormais sa présence quasi constante à l'hôpital.

Elle se mit à présenter des signes de plus en plus réguliers de confusion mentale. D'abord, on préféra les mettre sur le compte des drogues qui lui étaient administrées afin de soulager la souffrance. Mais il devint vite évident qu'ils témoignaient d'une forme de démence sénile qui accomplissait un travail irréversible sur son esprit. Elle ne perdait pas tout à fait la tête. Mais des hallucinations la visitaient qui tantôt la ravissaient et tantôt la terrifiaient. Lorsqu'on la raisonnait — puisqu'elle était encore accessible aux arguments que les médecins lui donnaient —, elle convenait que ses visions naissaient certainement d'un dysfonctionnement de son cerveau fatigué et se trouvaient dépourvues de toute espèce de réalité. Mais cela n'amenuisait en rien l'impression très puissante qu'elles produisaient sur elle. À cela s'ajoutait qu'elle avait perdu la vue, ne distinguait plus que des ombres et des couleurs assez vagues. Sa cécité l'enfermait dans une sorte de terrible huis clos mental. Comme si un bandeau avait été posé sur ses yeux, elle ne voyait plus rien du monde. En revanche, dans le sommeil presque incessant où elle était plongée, son cerveau continuait en songe à fabriquer des images à la netteté splendide et parfaite qui s'arrangeaient d'elles-mêmes en histoires magnifiques où elle retrouvait un peu du souvenir — même atrocement ou merveilleusement déformé — de sa vie. Comment, dans ces conditions, n'aurait-elle pas pris ses rêves pour la réalité et la réalité pour un rêve ?

Mon retour coïncida à peu près avec l'époque où elle dut se résoudre à ne plus trop quitter sa chambre d'hôpital. Peut-être, après tout, étais-je revenu afin de me trouver auprès d'elle et acquitter ainsi je ne sais quelle dette que l'on s'imagine avoir contractée et qui nous lie jusqu'au bout à ceux qui nous ont donné la vie. Mais je ne veux pas passer pour un fils meilleur que je ne fus. Heureusement, d'autres se montrèrent plus assidus que moi à ses côtés, à son chevet, sur le secours desquels elle put compter. Néanmoins, je lui rendais régulièrement visite. Cela m'était d'autant plus facile que l'établissement dans lequel elle avait été placée se situait dans l'arrondissement où je m'étais installé. Chaque fois, je devais surmonter la même répugnance, celle qu'éprouvent les gens en bonne santé lorsqu'il leur faut pénétrer dans un lieu où ils veulent se convaincre qu'ils ne finiront pas leurs jours et qui leur rappelle malgré tout le sort sinistre auquel ils n'échapperont pas. Mais, en ce qui me concerne, des souvenirs se réveillaient que le temps immobile de ma vie n'avait pas effacés et qu'il avait à peine amoindris.

Rien ne ressemble plus à un hôpital qu'un autre hôpital. Comme dans un rêve — l'un de ces rêves que je faisais souvent et dans lesquels je me voyais absurdement retrouver ma fille dont des médecins m'apprenaient qu'elle était toujours en vie malgré l'annonce qu'ils m'avaient faite autrefois de sa disparition —, j'avais la sensation de reprendre le chemin exact qui devait me conduire dans la chambre de mon enfant et où, en lieu et place d'elle, c'était ma mère qui se trouvait désormais, elle-même si frêle et si vulnérable qu'elle paraissait devenue presque semblable à la petite fille que j'avais perdue et que je me préparais ainsi à perdre une seconde fois avec elle. Toutes les années qui malgré tout avaient passé m'apparaissaient alors comme une sorte de parenthèse sans réelle consistance séparant le moment qui m'avait vu sortir du service pédiatrique où ma fille était morte de celui qui me voyait entrer dans le service gériatrique où ma mère allait prochainement mourir. Comment dans ces conditions n'aurais-je pas perdu moi-même un peu la notion du temps et confondu à mon tour, comme elle le faisait elle-même, le rêve et la réalité ?

Je vivais ma vie. Mais, par une espèce de boucle étrange, le présent me ramenait au passé, les faisant coïncider tous deux à la faveur d'une illusion très troublante qui superposait approximativement les événements d'hier et ceux d'aujourd'hui. Ma perception du monde s'était dédoublée, mon cerveau devait traiter simultanément avec deux images presque semblables et cependant discrètement décalées l'une par rapport à l'autre de sorte que se brouillait la vision que j'avais de la réalité. Ce qui contribuait certainement à l'impression de vertige que j'ai dite. D'une certaine manière, si je veux être honnête, et pour autant que je puisse en juger, j'eus moins à souffrir de la mort de ma mère dans la mesure où je la vécus comme la réplique de celle de ma fille avec laquelle, il y avait longtemps, j'avais épuisé en une fois toutes mes ressources de chagrin. Mais cela veut dire aussi que j'en souffris peut-être davantage puisque la mort de ma fille, je fus amené à la revivre un peu en sus de la sienne.

Chaque fois que je lui rendais visite, je retrouvais d'un coup tout ce que j'avais autrefois connu : comme une impression de « déjà-vu », selon l'expression consacrée et qui pourtant m'a toujours semblé particulièrement inappropriée puisqu'elle désigne la sensation non pas de vivre à nouveau quelque chose que l'on a déjà vécu mais très précisément de vivre pour la première fois quelque chose que l'on a jadis rêvé. Ce qui en l'occurrence était exactement le cas. Tous mes sens contribuaient à une expérience qui, pour quelqu'un doté d'une tête moins solide que la mienne, eût pu passer pour une hallucination. À peine la porte poussée de l'hôpital, l'odeur si caractéristique propre aux bâtiments de l'Assistance publique et qui tient sans doute aux détergents dont on y fait usage me ramenait des années en arrière. Sa chambre se situait au bout d'un service lui-même installé à l'extrémité de l'édifice qu'il me fallait donc traverser en entier. À mesure que j'avançais dans les couloirs, passant devant des chambres dont la plupart restaient ouvertes, le même spectacle se répétait devant mes yeux : des formes affalées sur des lits, le même mobilier minimal, la disposition identique des pièces, la couleur toujours semblable de la peinture aux murs. Mais mon oreille reconnaissait surtout la musique d'autrefois faite de la somme de toutes sortes de sons additionnés et pourtant chacun immédiatement identifiable : les sonnettes insistantes et monotones à l'aide desquelles les malades sollicitaient l'attention des infirmières, le clap-clap de leurs sandales sur le sol lorsqu'elles se décidaient enfin à répondre à l'appel, les bruits de chariots et de vaisselle à l'heure des repas, le vacarme intempestif d'un programme idiot diffusé par un téléviseur ou une radio dont le volume excessif s'expliquait par la quasi-surdité de celle ou de celui qui le suivait.

Le plus terrible venait des voix : des plaintes épuisées et pourtant ininterrompues et puis parfois de véritables appels à l'aide lancés dans le vide, adressés on ne sait trop à qui puisque personne n'était en mesure d'y répondre. Beaucoup de malades avaient perdu leurs facultés mentales et, pour leur sécurité, il avait fallu les sangler sur leur lit. De vieilles femmes vitupéraient, puis passaient de la colère au gémissement, de l'invective à la supplication, cherchant à apitoyer sur leur sort ceux ou celles qu'elles tenaient visiblement pour responsables de leur malheur. Il leur arrivait d'implorer le secours de leur mère. Elles retombaient en enfance — mais dans une enfance terrible qui faisait d'elles de pathétiques orphelines, privées du secours qu'elles réclamaient de parents morts depuis des décennies mais à la disparition desquels elles ne voulaient pas croire. On aurait dit le tour grotesque d'un ventriloque : une voix d'enfant sortant du corps d'un vieillard. Ou bien un sortilège plus terrible : la voix d'un enfant enfermé dans le corps d'un vieillard et qui revenait à la vie, n'en croyant pas ses yeux de la métamorphose soudaine qu'il avait subie, pleurant et criant dans la nuit afin de faire cesser l'invraisemblable cauchemar dans les bras duquel il se débattait.

J'ai dit déjà qu'on vit toujours à côté de l'enfer sans le voir. Mais des circonstances viennent parfois qui rendent malaisé de détourner tout à fait le regard. Il en va ainsi dans les lieux dont je parle. Des hommes, des femmes y attendent, interminablement pour eux tant le temps s'étire de leur agonie, avec autant d'angoisse que d'impatience, l'heure de disparaître. Il faudrait dire plutôt qu'ils attendent que la cessation de leurs fonctions vitales les mette en conformité avec le statut qui est le leur depuis qu'ils ont été marqués pour la mort. Car ils ont déjà disparu. Aux yeux de la société qui les relègue dans les cliniques, les hospices, les maisons de retraite dont elle sait qu'ils ne sortiront plus, les traitant comme s'ils appartenaient désormais à une autre espèce de laquelle les vivants doivent se distinguer, se protéger peut-être. Aux yeux de leurs proches, s'il leur en reste, dont les visites s'espacent et qui avec un soulagement qu'ils ne cherchent même pas à dissimuler délèguent à autrui le souci de leur sort. À leurs propres yeux, eux à qui la fatigue, la maladie, la sénilité font perdre pour finir toute conscience de ce qu'ils sont et les enfoncent dans une torpeur où se dissout doucement ce qui faisait leur vie.

À la fin — et certainement parce que c'était la fin —, on l'a laissée rentrer chez elle. Je m'en souviens. Elle dormait lorsque je me suis approché de son lit. Plutôt : elle était dans cet état où la veille ne se distingue plus vraiment du sommeil, où l'esprit passe continuellement de l'un à l'autre comme un noyé flotte entre deux eaux. Quand je lui ai parlé, puisqu'elle ne pouvait plus voir mon visage, elle m'a reconnu à ma voix. Mais je ne suis pas certain que le « moi » qu'elle a reconnu ait bien été le mien. Quelqu'un d'autre qu'elle prenait pour moi, qui lui semblait davantage « moi » que l'individu que j'étais devenu. Peut-être avait-elle raison après tout. Un jeune homme, un petit garçon dont elle se rappelait qu'il avait existé autrefois, qu'elle avait vu grandir et avec lequel sans doute je n'avais plus grand-chose en commun mais que, du fond de son délire, elle appelait à elle comme si c'était sa compagnie à lui qu'elle avait souhaitée au moment de mourir. Elle me racontait le rêve dont elle sortait comme elle m'aurait raconté la journée qu'elle venait de vivre. Elle était tout entière entrée dans une sorte d'univers parallèle à l'intérieur duquel le passé prenait toute la place due au présent, un monde dépourvu de toute vraisemblance puisque les époques s'y mêlaient et qu'elle y redevenait la jeune fille, la jeune femme, la jeune mère qu'elle avait autrefois été.

Toute sa vie lui revenait. Je l'écoutais en parler. Et cela semblait lui faire plaisir. On dit qu'il en va ainsi pour tous ceux qui vont mourir. Le film de ce qui fut se déroule sous leurs yeux. En accéléré. Sans que quiconque sache dans quel sens tournent les bobines et dans quel ordre on les passe. Elle devait revoir les images de sa propre enfance, de sa jeunesse, des jours heureux — ou bien de ceux qui, désormais, si tristes qu'ils aient été, lui paraissaient tels dans le lointain. Mais son récit divagant la ramenait parfois au pire. Je l'ai compris un moment à l'expression de son visage qui changeait comme si une grande ombre, soudainement, était venue planer et puis peser sur elle. Elle se souvenait. Lorsque les mots qu'elle disait ont progressivement pris sens, j'ai réalisé qu'elle s'imaginait en train de parler à ma fille, la sachant morte pourtant, mais s'adressant à elle comme si elle avait été vivante, avec des paroles toutes simples d'affection et de réconfort, donnant l'impression qu'elle la voyait de ses yeux vides aussi sûrement que si elle s'était trouvée à ses côtés, avec moi, assise auprès d'elle. Lui parlant comme on parle à une enfant de quatre ans. Elle souriait d'un sourire étrange et mélancolique que je lui avais souvent vu. Sur le lit où elle agonisait, elle invoquait le spectre de sa petite-fille. Et, à en croire ce qui sortait de sa bouche, le fantôme auquel elle destinait ses mots paraissait avoir répondu à son appel.

La scène n'avait rien d'effrayant. C'était autre chose qui suscitait en moi une sorte d'horreur sacrée comme je n'en avais jamais connu de ma vie. En même temps, j'étais heureux. Jugeant tout cela juste. Reconnaissant pour ce qui se passait devant moi à je ne sais qui – qui m'avait choisi pour m'en faire le témoin. Me disant que la mort lui serait moins dure si elle pouvait se figurer y retrouver quelqu'un qu'elle avait ainsi aimé. Content, en vérité, moins pour ma mère que pour ma fille. Puisqu'elle se mettait ainsi à exister à nouveau — fût-ce d'une façon à laquelle je ne parvenais pas à accorder tout à fait foi. Je l'aurais voulu cependant. Il s'agissait des retrouvailles d'une très vieille femme avec le tout petit enfant qu'elle avait connu, qui était la fille de son fils et qui l'avait précédée sur le chemin conduisant au néant qu'elle s'apprêtait à emprunter à son tour. Elle délirait tout doucement mais je ne pouvais me défendre de l'idée que son délire disait vrai. Elle la rappelait à la vie comme si elle avait eu envie d'elle pour l'accueillir dans la mort. Du moins c'est certainement ce qu'elle aurait dit, ce qu'aurait dit toute personne croyant un peu à la vie éternelle. Mais ce n'était pas mon cas. Et tout ce que je pouvais ressentir était la tristesse poignante, pathétique d'une telle scène dont je devenais le spectateur extasié. Elle n'exprimait rien d'autre que l'extrême et irrédimable désolation de dire adieu à qui l'on aime. J'ai attendu qu'épuisée elle sombre à nouveau dans le sommeil. J'avais eu mon compte. C'est ce que je me suis dit. Entendre sa mère mourante parler à sa fille morte : on ne peut humainement exiger davantage de qui que ce soit. En tout cas : pas de moi. Je l'ai embrassée et je suis parti. Un peu lâchement, sachant que je ne la reverrais plus. Vivante. Je me suis enfui. Il n'y a pas d'autre verbe qui convienne à la vérité. Elle est morte quelques jours plus tard.

9

Peut-être fut-ce finalement avec sa mort à elle que tout commença. Et la découverte dont je parle, j'en pris conscience au cours des longues heures que je passais à ses côtés, constatant dans quel morne et parfois merveilleux manège mental tournent toujours les mourants. Des bulles de pur passé s'en remontent éclater à la surface de leur présent, font s'étendre en cercles concentriques les rides s'épanouissant de quelques fleurs fantastiques dont les dessins se dissipent. Ou bien : sa mort ne fit jamais que répéter celle de ma fille avec laquelle j'avais eu autrefois le sentiment que tout s'était terminé pour moi. De sorte que de cet événement-là datait plutôt la sensation qui ne me quittait plus et me faisait observer comment toutes les choses s'effacent à mesure autour de soi. Quant au chat que j'ai évoqué, sa disparition m'avait passagèrement troublé dans la mesure évidente où ce drame minuscule répétait le précédent. J'y avais certainement prêté attention en raison de la valeur très générale que prenait ce petit événement à mes yeux. Il me paraissait illustrer le sort du monde qui m'entourait.

J'avais stupidement voulu rentrer chez moi, m'imaginant qu'une espèce de cercle se trouverait parcouru qui, d'une manière ou d'une autre, me ramènerait salutairement au tout début de mon histoire, là où peut-être elle recommencerait. Réalisant assez vite que rien ne demeurait de l'univers que j'avais connu, qu'il n'y avait plus, en lieu et place de celui-ci, que le chaos d'un grand vide. Et peut-être finalement était-ce cette découverte-là, au fond, qui avait décidé du reste. Me laissant tout à fait seul et dépourvu des fausses certitudes à l'aide desquelles, en général, on donne un sens à celui que l'on est et à l'existence qu'il mène parmi les autres.

Je m'aperçois que je n'ai encore rien dit de moi. De l'air que j'ai. Je me trouvais le visage de tout le monde et celui de personne. Cela faisait longtemps que j'avais perdu le goût de mon reflet dans les miroirs. Je n'y laissais aucune image. Comme on le veut des fantômes qui se remarquent au blanc que réfléchissent les glaces. Pourtant, j'étais quelqu'un. Autant qu'un autre, je vivais ma vie. Autour de moi, il se serait trouvé beaucoup de gens pour le croire, pour le dire et se déclarer très étonnés du sentiment d'irréalité que je viens de confesser. Sans qu'il en paraisse rien, je crois, je jouais mon rôle. Je possédais un métier. J'aurais été bien embarrassé s'il m'avait fallu expliquer en quoi, au juste, il consistait. Je brassais du vent. Je me payais de mots. J'étais payé — et bien payé — pour les mots dont je me servais et que je servais aux autres. Rétribué pour mon inutilité. C'est le lot commun. Chacun en rêve et y aspire. Rien ne me manquait de ce que tout le monde désire. Je l'ai dit : j'aimais, j'étais aimé. Les jours, les mois, les années passaient. Des choses m'arrivaient.

J'aurais pu me convaincre qu'elles constituaient ma vie. Mais je ne parvenais pas à me défaire de l'idée que tous ces événements auxquels, en général, on accorde tant de prix ne concernaient en rien le roman essentiel de mon existence tel que, pour le connaître, il m'aurait fallu enfin l'écrire.

Sauf que j'en étais bien incapable ! Je le réalise à mesure que je m'y essaye. Je ne sais pas trop comment se raconte une histoire. Je tente de mettre dans l'ordre des événements, des images, des idées mais sans savoir quel est l'ordre qui convient et même s'il existe un ordre selon lequel organiser le propos que je tiens. Comme je peux, je suis le fil, je le déroule mais il se défait sans cesse, s'effiloche, et le chemin que je croyais emprunter se ramifie, prend la forme de sentiers qui divergent, s'écartent et puis se rapprochent, avancent en parallèle, s'interrompent ou bien se croisent inextricablement, composant très vite comme un labyrinthe aberrant où moi-même je ne me retrouve plus. Cela tient certainement à ce que j'ai dit du temps dont j'ai perdu le sens. J'ai le sentiment que tout m'arrive simultanément. Le présent répète le passé comme s'il avait été de toute éternité compris en lui. Plus étrangement : loin d'être fixé une fois pour toutes, le passé semble se modifier au gré du présent, tirant de lui sa substance changeante.

Le temps détruit tout, dit-on. On veut qu'il pousse uniformément les êtres vers le néant, qu'il soit la force indifférente qui les attire dans le rien où ils basculent. Et ce phénomène, on s'imagine naturellement qu'il dirige la durée à l'intérieur de laquelle, dans l'ordre de leur succession, s'inscrivent les apparences qui passent. Mais il s'agit d'un mirage. Car le temps, lui-même, il se délite, il se dissout. Les choses, il ne les charrie pas à la façon d'un fleuve dont le cours les conduit vers le vide où elles s'abîment. Elles flottent en lui comme le font des épaves qu'agite un océan opaque, suspendues dans la profondeur d'un espace désorienté où l'on ne peut distinguer le haut du bas, la droite de la gauche, l'avant de l'après. Elles s'y déplacent certainement mais dans toutes les directions à la fois, à une vitesse qui varie sans cesse. Et comme il en va de même pour celui qui les observe, qu'il n'existe aucun point fixe auquel il puisse accrocher son regard et qui lui servirait de repère, nul ne peut dire comment ce mouvement se fait, et vers où il mène.

Aujourd'hui fournit le préambule indispensable de toutes les histoires anciennes. N'importe quel maintenant ouvre une porte vers jadis. Mais c'est un jadis qui doit tout à l'instant qui le rêve bien longtemps après qu'il a eu lieu. Le passé n'a plus d'autre consistance que celle que le présent lui donne. Et on vient à douter parfois qu'il ait vraiment existé. Tandis que je m'y essaye, je m'aperçois qu'en vérité je ne parviens plus à situer les unes par rapport aux autres les choses dont je parle. Je ne réussis plus à les disposer à l'intérieur d'un récit où elles se suivraient logiquement. Parmi les phénomènes, il n'y a plus moyen de distinguer entre les causes et les effets. Les effets deviennent les causes de leurs propres causes. Et les causes : les effets de leurs propres effets. Tout tourne en rond au sein de ce qui n'a pas même l'apparence sage d'un cercle où chaque chose reviendrait à sa place mais celle d'un tourbillon très lent qui, emportant tout avec lui, s'enroule autour d'un grand vide qui mastique la matière, mange le monde, l'avale par morceaux, se prépare à l'engloutir en entier. Quelque chose se substitue à autre chose mais c'est pour disparaître aussitôt, laissant l'espace libre pour qu'autre chose apparaisse encore qui disparaîtra ensuite. Sans qu'on puisse savoir jamais dans quel sens le phénomène opère dès lors que le temps fait défaut qui indiquerait la direction qu'il suit.

On peut raconter n'importe quoi. L'événement le plus insignifiant autant que le plus monumental laissent se manifester le grand mouvement du monde à la faveur duquel tout s'efface. C'est pourquoi la perte d'un chat qui s'enfuit dans la nuit peut être à l'origine de tous les deuils qui lui furent apparemment antérieurs. La scène désolée du monde suscite le spectacle d'un drame qui eut lieu bien avant que ce décor fût dressé. On peut raconter dans n'importe quel sens. Commencer par la fin. Finir par le commencement. Prendre arbitrairement le récit en n'importe lequel des points par où il passe puisque chacun communique avec tous les autres. Dire ce qui est ou bien ce qui fut. Déplier l'espace d'un instant afin qu'il se déploie et en vienne à contenir toute l'impensable épaisseur de la durée. Inversement : compresser des siècles de sorte qu'ils tiennent en équilibre sur la tête d'épingle d'une seule seconde à peine écoulée. Et sans savoir du tout où se loge le temps et, parmi les événements que l'on a vécus, lequel comprend tous les autres.

J'aurais pu tourner dans ce cercle pendant des siècles. Je voulais comprendre. Et cela supposait que je me raconte à moi-même ce que j'avais vécu, ce que je vivais. Peut-être la solution la plus appropriée aurait-elle consisté à produire un récit dont le désordre fût conforme à celui du monde : un récit sans queue ni tête seul accordé à un monde sens dessus dessous. Réfléchissant le tourbillon des choses qui se succèdent et se remplacent. Mais ce n'est pas ainsi certainement que s'écrivent les romans. Et l'on ne peut échapper à leur loi dès lors que l'on veut raconter. Quitte à ne pas dire la vérité. Puisque c'est la condition que suppose tout récit. Il faut s'y résoudre. Comme si l'on avait le choix. Mentir ou mourir, paraît-il. Et moi, je vis.

J'aurais souhaité qu'un livre existe, quelque part, au sein duquel prendraient leur place, et dans l'ordre qui leur aurait donné un sens, toutes les choses que j'avais vécues et qui gisaient autour de moi, désolées, dispersées, sans que les unisse le lien d'aucun dessein visible. Il me fallait une histoire. Je ne savais pas exactement laquelle. Mais je doutais de pouvoir la produire moi-même. Je l'ai demandée à un autre. Je dirai qui. Pour autant que je le sache, bien sûr. J'avais besoin de lui. Comme on dit : s'il n'avait pas existé, il m'aurait fallu l'inventer. Peut-être l'ai-je inventé. Ou alors c'est lui. Il m'a donné la première phrase de ce récit. Même si je ne me rappelle plus si ce fut bien la première, ce qu'elle disait et si j'ignore à quelle place dans ce récit elle figure désormais.

TROISIÈME PARTIE

10

Alors, et puisqu'il faut bien un commencement, si arbitraire que soit celui que l'on a choisi, disons plutôt que tout a débuté ainsi.

L'incendie éclata dans la nuit. Le foyer se situait quelque part à mi-hauteur du bâtiment. C'est là que le feu avait pris. Du moins, c'est ce que l'on a dit plus tard. Car, de loin, il était impossible d'identifier l'endroit où avait commencé la catastrophe. Tout se confondait dans le même chaos où au plus noir de la nuit rutilaient des reflets orange et jaunes si vifs qu'ils en éblouissaient le regard. Déjà, le feu avait envahi tout le sommet de l'immeuble. On le voyait briller par les fenêtres les plus élevées dont les vitres avaient volé en éclats sous l'effet de la chaleur. Dans leur encadrement rougeoyaient des brasiers aussi incandescents que ceux qui brûlent dans l'âtre d'une cheminée. Les flammes avaient dû dévorer deux ou trois étages qui s'étaient effondrés, laissant à leur place un vide un peu vertigineux semblable à l'ouverture ignoble d'une bouche édentée. Elles avaient également envahi la cage de l'escalier principal. Sur la façade, elles grimpaient à la verticale, léchaient les bords noircis de la grande cheminée creusée par le sinistre au flanc béant de la bâtisse. Elles se propageaient de part et d'autre au point qu'elles paraissaient avoir investi toute la largeur de l'édifice. D'épaisses bouffées de fumée s'exhalaient de partout qui s'enroulaient dans l'air, s'aggloméraient en nuages d'encre qui filaient vers le haut et puis se dissipaient dans le ciel.

L'immeuble sinistré était celui qui servait de logement aux travailleurs immigrés résidant dans le quartier. Ils avaient été réveillés au milieu de la nuit par l'odeur forte de la fumée et la vue des premières flammes les avait avertis de l'imminence du danger. La nouvelle s'était répandue de chambre en chambre, d'étage en étage. Avant que la cage d'escalier soit devenue impraticable, ils étaient parvenus à gagner le rez-de-chaussée puis avaient pris place sur le trottoir d'en face d'où ils contemplaient le formidable flamboiement du bâtiment progressivement dévasté par le brasier. Sains et saufs.

Dans les vêtements qui leur servaient pour dormir, parfois à moitié nus quand ils n'en portaient pas, enroulés dans des draps et des couvertures, n'ayant rien pu sauver du peu qu'ils possédaient, encore plus démunis qu'au jour où ils étaient arrivés dans le pays, ils restaient là sans bouger : parce qu'ils n'avaient nulle part où aller. Sans parler non plus. Hypnotisés comme chacun l'est toujours quand arrive une catastrophe — et même lorsque l'on en est la victime, la sachant triste et terrible sans pourtant qu'une part de soi-même ne puisse s'empêcher de la trouver belle. « Sublime », même, comme l'expliquent les philosophes. Encore qu'il n'y ait nul besoin d'avoir lu une ligne d'eux pour comprendre ce qu'ils disent et ressentir comme une évidence l'impression dont ils parlent avec leurs mots savants.

Toute une foule s'était formée devant l'immeuble où les curieux avaient pris place auprès des rescapés. Par précaution, il avait paru préférable d'évacuer les édifices adjacents tant le feu était fort et semblait sur le point de les gagner. De fait, la décision n'avait pas été prise pour rien : des fumées s'élevaient déjà de quelques-unes des fenêtres situées au dernier étage du grand asile hébergeant les vagabonds de la ville et qui jouxtait par-derrière le bâtiment en flammes. L'alarme donnée, tous ceux qu'il abritait, tirés de leur sommeil, avaient précipitamment été mis à la rue, retrouvant quelques heures plus tôt que d'habitude le trottoir qui constituait leur domicile ordinaire. Ils se pressaient autour du sinistre. S'étaient joints à eux les habitants du quartier — même ceux dont les maisons se situaient trop loin pour qu'ils aient eu raisonnablement quoi que ce soit à redouter.

Au feu qui illumine la nuit, dit-on, viennent se brûler les insectes. Et même si l'instinct de survie les protège, les individus de toutes espèces résistent mal à l'appel qu'un désastre, de quelque nature qu'il soit, leur adresse. Ou peut-être après tout est-ce l'apanage cruel de la seule race humaine. Chacun vient vérifier qu'il est encore en vie. Et mesurer sa chance en la comparant à celle qui manque aux autres sur la tête desquels la fatalité a préféré s'abattre pour cette fois. Ce n'est pas très glorieux sans doute. L'aveu fait honte. Mais nul n'ignore qu'il dit vrai. Un petit frisson mauvais parcourt le corps, excite les sens, auquel l'inquiétude et la compassion se mêlent mais qui procède de l'infantile impression d'invulnérabilité qu'on éprouve à voir d'autres que soi exposés à l'infortune qui vous a épargné. Un vieux poète latin le raconte quand il parle du plaisir que l'on prend à contempler les naufrages, à l'abri, bien au sec et le pied posé sur la terre ferme. Et, malheureusement, je crois qu'il a assez raison.

Les sirènes avaient donné l'alerte. Il aurait été difficile d'ignorer le vacarme qu'elles faisaient. Tout avait été très vite. En quelques minutes, le quartier s'était trouvé bouclé. Les véhicules de pompiers, les ambulances, les voitures de la police s'étaient disposés sur la chaussée en ordre de manœuvre. Des hommes en uniforme, caparaçonnés de cuir noir, la tête couverte d'un casque aux allures de heaume étincelant, munis de leur lance à incendie, armés de haches, en étaient sortis. Malgré la tenue dans laquelle ils étaient engoncés, deux d'entre eux faisaient les acrobates sur la grande échelle déployée à laquelle ils avaient grimpé et dont la cime touchait presque au sommet du brasier. Les canons à eau étaient entrés en action. Là où le jet portait, une grande fumée blanche et grise se dégageait. Mais tout le liquide déversé paraissait sans effet sur le feu et tout à fait impuissant à en étouffer le foyer.

Un périmètre de sécurité obligeait la petite foule postée sur la chaussée à se tenir à plusieurs dizaines de mètres de l'incendie. Derrière les barrières symboliques qu'ils avaient installées et qui en dessinaient la limite, des policiers montaient la garde, faisant toujours les mêmes réponses aux questions, elles-mêmes identiques, qu'on leur posait et qui portaient toutes sur le danger que courait le reste du quartier. Malgré les injonctions à circuler, une bonne centaine de personnes demeuraient massées de l'autre côté du cordon tendu à travers la rue. Comme au spectacle. Tous les regards tournés vers le bâtiment en flammes avec sur les visages les reflets changeants du feu qui illuminait seul la nuit. Silencieusement attentifs aux progrès de l'incendie mais ne pouvant réprimer un murmure d'effroi et d'émerveillement lorsque, signalé par le craquement de la structure en train de s'effondrer et le regain de chaleur ou de lumière qui l'accompagnait, survenait un événement un peu plus notable que les autres, indiquant l'inexorable avancement du sinistre. Un peu à la manière dont une rumeur d'approbation salue les figures que trace dans le ciel un beau feu d'artifice lorsque, avec son bruit de canons tirant au loin, préparant le moment du bouquet final, une nouvelle salve de fusées fait éclore dans le noir une fleur plus majestueuse que les autres, qui s'élève, s'ouvre et retombe en pluie d'étoiles se dispersant enfin dans le vide.

Rien n'est plus irréel que la réalité elle-même. Elle laisse incrédule. Et c'est à cela, précisément, lorsqu'elle se manifeste, qu'on la reconnaît. On n'en croit pas ses yeux. Et pourtant quelque chose en soi se convainc que, pour la première fois peut-être, le monde enfin dit vrai. Alors même — et c'est là l'ironie — qu'il a pris toutes les apparences mensongères d'une fiction que trahit son caractère outré, son air excessif, son embarrassante emphase. Comme si, tout à coup, l'on se retrouvait dans un mauvais film ou bien dans un mauvais roman. Du déjà-vu. La même histoire artificiellement fabriquée et pour la millième fois racontée où les choses surviennent selon un scénario toujours su d'avance. Tout paraît faux. Et c'est parce que tout est vrai.

Il fallut toute la nuit pour que l'incendie cesse. Lorsque le jour s'est levé, par endroits, un peu de fumée continuait à monter de l'immeuble dont toute la partie supérieure n'était plus qu'une ruine calcinée. Par les trous que le feu avait ouverts sur la façade, on ne distinguait rien sinon une masse informe et noire. Sur ordre des autorités, tous les habitants de l'immeuble avaient été évacués vers l'un ou l'autre des centres d'hébergement d'urgence situés dans la banlieue la plus proche. La mesure concernait les travailleurs immigrés du foyer mais également les « sans-domicile-fixe » de l'asile voisin que le feu, malgré les efforts des pompiers, avait gagné et, sans toutefois le dévaster de manière aussi spectaculaire, rendu impropre à toute forme d'occupation. Au petit matin, sous l'œil de deux ou trois curieux qui passaient par là au pur prétexte d'y promener leur chien, ne restaient plus que quelques fonctionnaires de police en uniforme chargés de veiller à ce que personne ne s'approche des lieux du sinistre.

Ce qui était arrivé, on ne l'a jamais su. Dès le lendemain, la télévision puis la presse locale ont rendu compte de l'événement à la rubrique des faits divers, précisant que l'incendie n'avait fait par miracle aucune victime sérieuse tant l'alerte avait été donnée vite. Et tant avait été efficace et héroïque l'intervention des soldats du feu. Sous réserve de ce que révélerait l'enquête, les journalistes rapportaient de source sûre que le mal avait été vraisemblablement causé par une imprudence commise par l'un ou l'autre des pensionnaires de l'immeuble. Sans doute, un radiateur électrique défectueux — encore qu'en plein été cela parût hautement improbable. Ou bien : un barbecue improvisé dans une chambre au mépris de toutes les consignes de sécurité. Ou encore : une cigarette mal écrasée et jetée au fond d'une corbeille à papier. Ce qui, d'une manière ou d'une autre, revenait à faire porter aux victimes, en raison de leur inconscience ou de leur incurie, la responsabilité de la catastrophe qui les avait frappées et qui avait mis, à cause d'elles, tout le secteur en danger.

L'explication était présentée avec beaucoup d'insistance. On répétait qu'était exclue la thèse d'un acte criminel. Du coup et de façon prévisible, il devenait difficile de ne pas imaginer que les éclaircissements donnés servaient plutôt à dissimuler à l'opinion que le feu avait été volontairement mis à l'immeuble. Sans rien pour l'étayer, la rumeur se répandit spontanément. Elle s'imposa assez vite comme s'il s'était agi de la vérité. Il venait forcément à l'esprit de chacun que le sinistre faisait opportunément l'affaire des promoteurs, qu'il chassait du quartier ses habitants les plus importuns et que rien ne s'opposait plus à ce que, à la place des lieux qu'ils occupaient, soient rapidement édifiés de plus prestigieux et lucratifs logements semblables à ceux que l'on voyait depuis quelque temps pousser partout à l'entour. De l'avis de tous, cela paraissait plutôt comme une solution juste et rationnelle et, pour tout dire, s'inscrivant dans l'ordre souhaitable des choses : d'un mal, un bien sortait ; tout allait dans le sens de l'intérêt général, il n'y avait rien à y redire au fond. Ensuite, on n'entendit plus parler nulle part de l'événement. On en vint à ne plus voir la carcasse noircie du bâtiment lorsque l'on passait devant elle. Attendant simplement qu'elle fût démolie et que le grand chantier qui l'entourait investisse l'espace où se situaient les ruines.

11

J'en parle parce que je me trouvais là. Autrement, il vaut toujours mieux se taire. Dans la vie, il y a des situations qui font réfléchir. Soudain, elles donnent une consistance tangible à toutes sortes de vieilles questions très théoriques. On demande souvent : si le feu se mettait à votre maison, que sauveriez-vous ? Votre Picasso ou votre chat ? Je m'étais posé la question. Naturellement, de Picasso, je n'en avais pas. Et mon chat était parti depuis longtemps. Un poète dit : en cas d'incendie, avec moi, j'emporterais le feu. C'est bien répondu certainement. Mais il ne s'agit de rien d'autre que d'une parole de poète. Un mot. Autant dire : rien. Je veux dire : rien tant qu'on n'a pas produit la preuve que l'on est à la hauteur de ce qu'il signifie. La flamme est précisément ce qui manque à la plupart des existences. La mienne, s'il me faut être honnête, ne faisait pas exception à la règle. Des cendres, j'en possédais en abondance. Mais elles étaient trop froides, me semblait-il, et depuis trop longtemps, pour qu'une étincelle ranime le feu qui autrefois s'était mis à ma vie. Le combustible faisait cruellement défaut et je me trouvais dépourvu de ce qu'il aurait fallu pour alimenter — plus encore : pour réveiller — même la plus faible des flammes.

J'avais été sorti de mon lit par le hurlement des sirènes. De l'une de mes fenêtres, je voyais la fumée épaisse grimpant vers le ciel. L'indice était suffisant qui laissait imaginer le reste. Je ne peux pas dire que j'ai vraiment agi par curiosité. Cela faisait bien longtemps que le sort de mes semblables ne suscitait plus chez moi qu'un intérêt fort relatif. J'avais conservé assez de sens moral pour porter secours, si l'occasion s'était présentée, à une personne qui m'eût appelé à l'aide. Mais, dans un cas comme celui-là, il était clair que je manquais des moyens de me rendre utile. Même en donnant simplement l'alerte. Puisque visiblement, et comme en témoignait la mobilisation tapageuse des sauveteurs et des forces de l'ordre, cela avait déjà été fait. Une vague inquiétude, plutôt, me poussait à m'informer de ce qui se passait. Égoïstement soucieux de savoir si le feu flambant dans la rue constituait une menace qui me concernait. Je voulais en avoir le cœur net. Il n'y avait rien de plus naturel, en somme. Mais peut-être, et sans me l'avouer vraiment, me trouvais-je mû, autant qu'un autre, par le désir déplaisant dont j'ai parlé et qui attire irrésistiblement les êtres sur les lieux du spectacle séduisant des catastrophes dont ils n'ont eux-mêmes rien à redouter.

Je me suis rhabillé, je suis sorti de mon appartement, j'ai descendu l'escalier. Dans la cour de chez moi se tenaient un homme et une femme qui parlaient ensemble. J'ai d'abord cru qu'il s'agissait d'un couple. Leurs visages ne me disaient rien. Il devait s'agir de deux de mes voisins. Vraisemblablement : les seuls à habiter l'immeuble en ce mois d'août où, avec les vacances, encore plus qu'à l'ordinaire, il était tout à fait déserté. Je suis littéralement tombé sur eux en poussant la porte d'en bas. J'allais presque dire que je suis tombé dans leurs bras. Car une évidente sympathie s'est immédiatement installée entre nous.

Nous avions un sujet de conversation tout trouvé et qui, vu l'urgence de la situation, nous dispensait de la nécessité de nous présenter dans les formes et selon les usages. Comme moi, le bruit des sirènes, la vue des nuages noirs de fumée s'enroulant dans le ciel, m'ont-ils dit, les avaient tirés hors de chez eux. Ils n'en savaient pas plus. Exceptionnelles comme elles l'étaient, les circonstances créaient les conditions d'une relative solidarité entre nous. Disons : une communauté d'intérêt. Le sentiment, peut-être, de vivre la même petite aventure. Tous les trois, nous avons fait la centaine de mètres qui nous séparait du lieu de l'incendie afin d'obtenir les informations qui nous manquaient et que nous nous estimions en droit d'exiger. Nous avons été arrêtés par le cordon de police mis en place au milieu de la rue et devant lequel commençait à s'agglutiner la petite foule des gens attirés là par l'événement.

Avec elle et avec lui, mes nouveaux compagnons, nous sommes restés longtemps à contempler le brasier. En dépit des paroles rassurantes qui nous invitaient à quitter les lieux, nous certifiant qu'il n'y avait pas le moindre risque que le feu se propage au reste du quartier, que notre domicile se situait trop loin de l'incendie pour qu'il y ait quelque raison de l'évacuer, que la meilleure chose à faire consistait à regagner notre lit.

Notre présence ne servait à rien, nous ne faisions qu'encombrer la voie publique, gêner le déploiement des sauveteurs dépêchés de toutes les casernes de la ville afin de maîtriser le feu. Mais nous ne nous décidions pas à nous éloigner. Je crois que la fascination que j'ai dite n'était pas seule en cause. Un scrupule nous retenait. Comme si, stupidement, demeurer là constituait notre manière à nous de marquer, fût-ce de façon insignifiante, que le drame en cours nous regardait aussi. Nous ne pouvions rien pour eux mais nous voulions témoigner à ceux qui en étaient les victimes véridiques que nous ne partirions pas tant que nous n'aurions pas la certitude qu'ils se trouvaient tous sains et saufs.

Dans l'état d'hébétude où tous ces hommes étaient plongés, il n'y avait aucune chance qu'ils prêtent la moindre attention à la petite foule qui se pressait au loin. Et moins encore : qu'ils éprouvent quelque forme de gratitude que ce soit pour le soutien silencieux et distant qu'elle prétendait plus ou moins leur manifester par sa présence. Le fait d'avoir été tirés si soudainement et si brutalement hors de leur premier sommeil, la peur panique qu'ils avaient légitimement éprouvée, l'énergie physique et mentale dont ils avaient dû faire preuve pour fuir les flammes et s'extraire du brasier, l'accablante certitude d'avoir tout perdu et la perspective de devoir recommencer une nouvelle fois leur vie sur une terre étrangère, tout cela contribuait à la stupeur très compréhensible — et assez pathétique — qui les terrassait. Une sorte de vertige : les lumières tournoyantes des gyrophares sur le toit des ambulances et des véhicules de sapeurs-pompiers projetaient sur les façades une étrange chorégraphie de reflets bleus et blancs dans le vacarme monotone et réellement assourdissant des sirènes. Avec les petits chapiteaux des tentes installées sur le trottoir afin d'accueillir les victimes et de leur prodiguer les premiers soins, les engins se déployant aussi haut dans le ciel que des attractions foraines, le manège des lueurs colorant jusqu'aux nuages, on se serait cru à la fête s'il n'y avait eu tant de tristesse dans ce spectacle.

Les attitudes, les visages de tous ces gens exprimaient une espèce de dignité, de courage : simplement l'affirmation pure et dénuée de toute forme de justification par laquelle, en dépit de tout ce que l'on a vécu, de l'injustice subie, des épreuves traversées, on proclame à la face du monde à la façon d'un défi que l'on est toujours en vie, que l'on n'en a pas tout à fait fini avec elle. C'était une impression que j'avais connue aussi, je crois : autrefois. Je les regardais. C'était la première fois que je les voyais vraiment. Eux que je côtoyais quotidiennement depuis des mois mais à qui je n'avais réellement jamais prêté attention, passant sous leurs fenêtres, n'éprouvant pour eux aucune animosité mais sans nul souci non plus de ce qu'était leur vie. Je remarquais bien que leur présence, pourtant fort discrète, se trouvait plus ou moins mal supportée par les anciens habitants du quartier — qui n'avaient jamais accepté leur arrivée — autant que par les nouveaux — qui, sans le dire, souhaitaient leur départ et considéraient l'existence même du foyer où ces hommes logeaient comme une sorte d'incongruité un peu anachronique, incompatible avec le standing et le chic des appartements luxueux où eux-mêmes venaient d'emménager.

À nouveau, je ne veux pas me prévaloir d'une grandeur d'âme qui n'est pas la mienne. Si je ne partageais pas les sentiments malveillants dont je viens de parler, sans doute cela tenait-il surtout à l'espèce d'indifférence avec laquelle je regardais le monde et qui pouvait difficilement passer, même à mes propres yeux, pour une vertu. J'avais beau vivre depuis quelque temps déjà dans ce quartier, j'avais du mal à le considérer vraiment comme le mien. Tant que les conditions d'existence y restaient à peu près acceptables, ce qu'il deviendrait m'importait assez peu. Je me sentais si seul, et si tranquillement, si souverainement seul, dans l'appartement que j'occupais que l'idée ne me serait jamais venue que j'appartenais à telle ou telle communauté dont il m'aurait fallu défendre les hypothétiques intérêts, épouser la cause.

L'arrondissement était en général donné pour exemplaire. Mais exemplaire de quoi ? Les avis divergeaient à ce sujet. Une ville nouvelle était en train de naître au beau milieu de l'ancienne sans pour autant se substituer totalement à elle. Coexistaient en elle l'extrême misère et la plus formidable aisance. Les classes, les races, les religions — cela se voyait à l'œil nu et même pour un observateur aussi distrait que moi — ne se mélangeaient pas plus que ne le font des liquides de densités distinctes dont nul ne peut prévoir quel cocktail détonant ils finiront par former ou pas. Un soir, à la télévision, sur une chaîne d'information, me tenant au courant des actualités moins par une réelle curiosité que par un vieux réflexe mué en habitude, j'étais tombé sur un reportage où j'avais eu la surprise de découvrir des images de la rue même où je vivais. Dans la rhétorique propre à ce type de propagande, le quartier était présenté comme un modèle de « mixité » sociale : des habitants de toute origine y vivaient, disait-on, en harmonie dans un environnement où la municipalité, répétait-on, avait favorisé les conditions d'une cohabitation heureuse et pacifiée. Ce n'était pas faux. Ce n'était pas vrai non plus. Un tel écart existait entre la réalité et l'image qui en était donnée par les journalistes que l'on avait le sentiment d'avoir affaire à une fiction édifiante montée de toutes pièces dans un dessein douteux. On se demandait si elle n'était pas destinée surtout à démentir un autre discours qui, lui, décrivait la ville comme si elle avait été livrée à des tribus barbares et belliqueuses, retranchées dans leurs ghettos respectifs, perpétuellement sur le point d'entrer en guerre les unes avec les autres. Ce qui n'était pas vrai davantage. Mais qui finalement n'était pas complètement faux non plus.

Nous regardions brûler le bâtiment. Il flambait avec une telle énergie, une telle constance que l'immeuble avait pris l'apparence d'une usine absurdement consacrée à la tâche de se consumer elle-même. Pareil à l'une de ces machines qu'ont inventées certains artistes contemporains qui les ont conçues pour produire le spectacle de leur propre destruction. Pour rien. Ou bien : à seule fin de manifester le mouvement même par lequel le monde se dévore perpétuellement lui-même et désigne ainsi le processus insignifiant par lequel il tourne tout en cendres et fait que la vie se finit en fumée. Donnant à voir ce désastre pour ce qu'il enseigne et pour la pure jubilation qu'il procure. Quelque chose comme une usine à néant parachevant de façon flamboyante la grande entreprise de dévastation méthodique à laquelle, autour d'elle, se trouvait livré l'univers tout entier.

12

Je l'ai dit : tout me paraissait distant, insusceptible de me toucher vraiment. Cependant, je ne parvenais pas à ne plus penser à ce que j'avais vu. Le souvenir de cette nuit d'incendie ne sortait jamais longtemps de mon esprit. Je fis ce rêve absurde qui me frappa d'autant plus que, depuis des mois, je ne rêvais plus — ou du moins : au réveil, ne me rappelais plus rien de ce que j'avais rêvé.

L'immeuble où je vivais était en feu. Au-dessus de mon lit était accroché un Picasso. Il n'y avait aucun doute possible sur son auteur tant la manière de l'artiste était immédiatement reconnaissable. En même temps, la toile ne correspondait à aucune de celles que le peintre avait signées et que nul n'ignorait dans un cas aussi célèbre que le sien. Il s'agissait certainement d'un chef-d'œuvre inconnu. Avec cette lucidité ironique dont, même au plus profond de son sommeil, un rêveur ne se départit jamais totalement et qui le fait douter un peu de ce à quoi pourtant il croit, je me demandais par quel miracle un tel trésor avait pu atterrir dans ma chambre et comment j'en étais devenu l'heureux propriétaire. L'impression que le tableau produisait était si puissante, si précise que j'étais convaincu, à la condition d'avoir su peindre, que j'aurais pu le refaire dans ses moindres détails. L'œuvre paraissait comme un croisement absurde de plusieurs des plus fameuses que comptent les collections des meilleurs musées du monde. Elle figurait une scène de désastre qu'aucun indice historique ou mythologique ne permettait d'identifier vraiment : le simple saccage du temps qui détruit tout et livre les vivants à l'extase d'une obscure agonie. Au centre, un cheval mêlait ses formes à celles d'un taureau. Son ventre était ouvert au milieu duquel, par la plaie béante, brillait le bleu étincelant du ciel. De part et d'autre de la bête se tenaient des hommes et des femmes, debout et droits comme des totems ou des statues, nus ou à demi nus, aux corps géométriquement éclatés, avec, posés sur le visage, de grotesques masques nègres, un peu semblables aux masques à gaz de la Grande Guerre. Un peu plus loin, une femme agenouillée pleurait, serrant entre ses bras le cadavre de son enfant. Peut-être était-ce la même petite fille qui, de l'autre côté du tableau, servait de modèle à un peintre en perruque et dentelles, penché sur son chevalet. À ses côtés, on voyait encore un couple enlacé dans l'explicite étreinte d'un accouplement emphatique et assez sauvage qu'un miroir réfléchissait.

La toile était si vaste que je me demandais dans mon rêve comment j'allais pouvoir l'emporter, la sauver du feu dont, sans le voir, je savais pourtant qu'il grimpait d'étage en étage, qu'il n'allait pas tarder à atteindre la chambre où je me trouvais. Les fenêtres, les portes étaient trop étroites pour qu'on puisse y faire passer le cadre — à tel point que je ne voyais pas trop comment il avait d'abord pu rentrer dans la pièce. En vérité, la peinture était pourvue de dimensions si imposantes qu'elle paraissait remplir tout l'espace de mon rêve. Je ne savais plus si je me situais devant l'image ou bien à l'intérieur d'elle. Les formes qu'elle figurait semblaient se déverser dedans le récit confus que mon cerveau assemblait dans son sommeil. Les créatures étranges que l'artiste avait représentées prenaient vie, se mettaient en mouvement, elles m'entouraient, je devenais l'une d'entre elles mais j'ignorais laquelle, je prenais tour à tour les traits de chacune. Les couleurs gagnaient en intensité au point d'acquérir une splendeur fabuleuse et en même temps presque insoutenable. Le rouge surtout et le noir qui se propageaient partout comme si l'incendie avait investi le tableau ou bien que le feu, la fumée s'en étaient échappés, envahissant le volume subitement déployé de la toile qui lui-même avait fini par se confondre avec l'intérieur de ma maison incendiée. Le spectacle semblait à la fois si monstrueux et si merveilleux qu'il était difficile de dire de ce rêve, malgré l'angoisse qui en émanait, s'il s'agissait, à proprement parler, d'un cauchemar.

Soudain — je dis soudain, mais on sait à quel point il est difficile de discerner dans quel ordre se succèdent les images qui défilent dans le sommeil —, un nouveau rêve commença au sein du précédent : comme si une petite fenêtre s'ouvrait au fond du tableau, donnant à son tour sur un second tableau. Plutôt : une espèce de porte. De l'autre côté, un chat miaulait. J'avançais dans sa direction et franchissais le seuil qu'il m'indiquait. Au bout d'un long tunnel éclatant de lumière, la demeure était la même, dans laquelle j'entrais en traversant la toile. Mais quelque chose en moi m'avertissait qu'il s'agissait désormais d'un autre lieu pourtant. Une clinique, un hôpital. De fait, à mesure que je m'enfonçais en lui, le décor prenait de plus en plus une pareille apparence. Le chat progressait très lentement, très gracieusement dans les couloirs, tournant sa tête vers moi à intervalles plus ou moins réguliers comme s'il voulait ainsi s'assurer que je le suivais bien. J'avais beau marcher aussi vite que je le pouvais, j'étais impuissant à me rapprocher de lui, à le rattraper. Certainement, il me guidait. C'était bien un hôpital, j'en étais convaincu désormais. Je croisais toutes sortes de personnes qui ne prêtaient pas plus attention à moi que si j'avais été transparent : des enfants, des vieillards, des malades de tous âges, de toutes conditions, des médecins, des infirmières. Aucun d'entre eux ne semblait avoir conscience du danger qui menaçait l'immeuble, du feu qui grossissait en lui et le transformerait bientôt en une immense torche. J'étais seul à savoir. J'aurais voulu avertir tous ces gens, leur dire qu'il leur fallait s'enfuir mais aucune parole ne sortait de ma bouche. Ou bien : si je parvenais à parler, c'était dans une langue que personne ne paraissait comprendre.

Nulle part je ne voyais le chat. Il m'avait entraîné au plus profond de la maison. À sa poursuite, je pénétrais dans des chambres identiques qui toutes étaient vides. Comme si leurs habitants les avaient abandonnées. Ou bien qu'une maladie mystérieuse avait eu raison d'eux. Je ne pouvais pourtant pas me résoudre à renoncer. Je réalisais que j'étais en train de chercher quelqu'un. Je n'étais plus trop certain qu'il s'agissait du chat dont j'avais presque oublié l'existence. L'incendie ne constituait plus qu'une menace abstraite mais dont une voix en moi me répétait qu'elle n'en restait pas moins terriblement pressante. Il s'agissait d'une question de vie ou de mort. Arrivé au bout du dernier couloir, je poussais la dernière porte, inquiet de ce que j'allais découvrir derrière elle : quelque chose ou bien rien, quelqu'un ou peut-être personne ? Et au moment même où elle s'ouvrait, bien entendu, je me suis réveillé.

Ce rêve, je le fis plusieurs nuits de suite. Beaucoup de nuits qui, dans mon esprit, finirent par n'en faire plus qu'une. Il se répétait à peu près à l'identique. Je n'avais aucune peine à le reconnaître car, sous des formes assez semblables, depuis des années, je l'avais rêvé des dizaines, peut-être des centaines de fois. Malgré des variantes, le scénario en restait inchangé. L'histoire qu'il racontait était assez limpide pour que je puisse moi-même l'interpréter. Je savais bien ce qu'il signifiait. Même si, sans doute, et comme c'est toujours le cas, explique-t-on, le sens vrai du songe devait se trouver ailleurs que là où je le situais. Le rêve n'avait donc rien pour me surprendre en apparence. Néanmoins, j'étais intrigué par la manière dont le récent épisode de l'incendie auquel j'avais assisté l'avait fait revenir dans ma vie, mêlant les images nouvelles que j'avais vues au vieux récit que j'ai dit. Tout se passait comme si, dans mon cerveau, une porte, depuis longtemps condamnée, avait été poussée par une main qui devait être la mienne mais à laquelle les circonstances avaient mystérieusement prêté leur concours : une porte semblable à celle qui m'était apparue en songe et devant laquelle je me retrouvais maintenant chaque nuit.

L'événement dont j'ai parlé — à supposer qu'il eût véritablement joué le rôle que je lui prêtais — avait relancé en moi le mouvement mental familier par lequel, comme une mécanique qui redémarre après des années à n'avoir pas servi, mon esprit recommençait à tourner. Je ne savais pas trop s'il fallait m'en réjouir ou pas. Quelque chose, certainement, se passait dans ma tête. C'était la preuve que je vivais. En même temps, constater à quel point je voyais remonter en moi, du plus profond de moi, la même et sempiternelle angoisse aurait dû m'inquiéter. Cela m'inquiétait. Mais cela me faisait plaisir aussi, me donnant obscurément un motif absurde de satisfaction. Comme si, même sous la forme mélancolique qu'elle avait toujours revêtue à mes yeux, la vérité la plus vive de ma vie se manifestait encore à moi, fût-ce dans le sommeil, et fût-ce à la faveur d'un incident qui finalement ne me concernait que de loin. Cette vérité me faisait signe à travers le temps. Me disant ainsi qu'elle ne m'avait pas oublié. Que je ne l'avais pas oubliée.

J'étais fou, certainement. Mais il n'y a rien de plus commun que la folie. En un sens, il s'agit du lot habituel de l'espèce humaine. On s'en convainc vite à regarder les autres, à s'observer soi-même. Chacun se trouve la proie de son propre délire. Toute la question est de le connaître — autant que faire se peut — afin de se prémunir contre les effets indésirables qu'il produit. Je crois que j'y étais arrivé. L'apparente solidité de mon cerveau m'avait protégé. Mais je notais bien ce qu'avait d'incohérent la combinaison d'euphorie, d'excitation et d'accablement qu'abritait mon esprit et qui composait en lui un mélange instable susceptible d'une réaction imprévisible et violente à la faveur du plus petit événement. Visiblement, j'avais été témoin d'un tel événement. Même si je m'expliquais mal l'impact qu'il avait eu sur moi.

Un déclic ? Cela ne faisait pas de doute. Une goutte d'eau, comme on dit et même si la métaphore paraît ici peu appropriée, fait déborder le vase. Mais le mérite du phénomène revient moins à la goutte d'eau elle-même qu'à toute l'eau que les années ont accumulée dans le récipient. Si le vase en question se met à déborder de partout, on ne sait pas trop quelle en est la cause. En tout cas, depuis quelque temps, le regard que je posais sur le monde avait certainement changé. Plutôt qu'à l'incendie, cela tenait peut-être à tout ce que j'ai dit : l'excès de la solitude, le long sentiment de ne vivre nulle part, l'impression que le temps s'était arrêté il y avait longtemps, le recommencement subit et pour rien de la vie.

L'été était particulièrement chaud cette année-là : étouffant. Le mois d'août avait fait fuir les rares habitants du quartier. Les vacances laissaient ceux qui étaient restés totalement désœuvrés. Je ne sortais pratiquement plus de chez moi sinon pour aller acheter le journal qui se vidait de toutes ses vraies nouvelles. Rien n'arrivait à personne. C'est ce que je me disais. D'ailleurs, il n'y avait plus rien, il n'y avait plus personne. Lorsque je faisais malgré tout quelques pas dehors, je ne pouvais éviter, parce qu'elle se situait dans ma rue, la carcasse calcinée que l'incendie avait causée. À son pied, on avait rassemblé les débris informes du sinistre qui s'accumulaient sur le trottoir en monticules de déchets et d'ordures. L'immeuble avait pris l'air d'un navire que la foudre, en haute mer, aurait frappé : une épave échouée sur une plage. L'équipage et les passagers disparus, la cargaison évanouie, une sorte de vaisseau fantôme démâté, couché de tout son long sur la grève, dont le feu avait mis à nu les cales, les soutes, exposant sur son flanc un grand trou noir en forme de rictus et à l'inquiétante fascination duquel, dans ma folie nouvelle, il me semblait de plus en plus difficile de me soustraire.

QUATRIÈME PARTIE

13

J'ai raconté les circonstances dans lesquelles je fis leur connaissance à tous deux. Si maintenant je parle d'eux, on ne manquera pas de penser que l'incendie, parce qu'il nous mit en relation, fut la cause de ce qui va suivre. Je n'en suis pas certain, pourtant. On a toujours tort de vouloir tout expliquer. Rien n'est moins compréhensible que l'existence. Ce qui fut l'effet du hasard, on veut qu'à son insu une nécessité secrète l'ait agencé, commandé. Cela confère aussitôt une signification — fût-elle obscure — à ce qui en était vraisemblablement dépourvu.

Deux semaines, peut-être, s'étaient écoulées. Un soir, rentrant, j'allais pousser la porte de l'immeuble et j'ai entendu une voix — la sienne — dans mon dos, qui appelait quelqu'un — un « quelqu'un » qui ne pouvait être que moi. Elle se tenait dans la cour. Exactement à l'endroit où je l'avais d'abord aperçue. Mais seule, cette fois. J'ai fait demi-tour afin de la saluer. Elle m'a demandé : « Vous avez vu ? » Je lui ai répondu : « Oui, j'ai vu. » Il allait de soi que nous parlions de la même chose : de ce qu'était devenu l'immeuble incendié.

J'avais le sentiment que nous lui prêtions à peu près la même signification. Elle a ajouté : « C'est triste. » Et j'ai seulement acquiescé. Peut-être, au fond, était-ce d'autre chose qu'elle parlait. Et moi aussi.

J'ai réalisé qu'elle se trouvait devant la porte du petit appentis que j'ai évoqué et d'où sortait la musique dont j'ai parlé. Vraisemblablement, elle habitait là. Il y a eu un silence. Il n'a duré que quelques secondes. Mais il a été assez long pour que je comprenne que c'était à mon tour de parler. Alors, parce que c'est la première phrase qui m'est venue aux lèvres, j'ai dit : « Cela fait longtemps que l'on n'entend plus le piano. » Et comme elle ne répondait rien, j'ai demandé : « Vous ne jouez plus ? » Je ne suis pas certain qu'elle ait rougi. Disons qu'elle a eu l'expression d'une femme qui rougit — ou : qui fait mine de rougir. Elle a agité la main dans l'air comme si, avec ce geste, elle avait pu écarter non pas la question que je lui posais mais la réponse qu'elle aurait dû faire : « Je suis désolée. » J'ai secoué la tête pour protester. Je ne savais pas trop si elle me priait de l'excuser pour le dérangement qu'elle causait en jouant ou bien parce qu'elle avait cessé de le faire. J'ai dit : « Au contraire ! » Mais cela n'avait pas beaucoup de sens non plus. Elle n'avait pas à se faire pardonner. La musique était très belle. Elle était la seule présence un peu vivante au sein du monde sinistre qui nous entourait. Je ne sais plus très bien les mots que j'ai utilisés. Sans doute d'autres : moins emphatiques que ceux-là et plus appropriés pour une conversation courante. Mais, maladroitement, c'est à peu près ce que je lui ai expliqué.

Elle avait ses clefs à la main. Elle a ouvert, m'a dit que ce soir elle était venue jouer et elle m'a demandé si je souhaitais entrer. L'appartement ne comportait qu'une pièce, très propre, bien arrangée mais obscure et minuscule, éclairée par une fenêtre unique et une lucarne percée dans le toit, avec dans un coin une porte qui certainement conduisait à la cuisine et à la salle de bains. À part un canapé-lit, une table basse, un piano droit prenait presque toute la place. Il y avait des partitions partout : remplissant les rayonnages d'une bibliothèque accrochée au mur, posées sur le piano, répandues en désordre sur la table et le canapé. Pour trouver un endroit où m'asseoir, il m'a fallu les pousser un peu. Sur les portées, en marge de celles-ci, des annotations nombreuses au crayon rouge donnaient je ne sais quelles indications : de rythme ou bien de doigté.

Je m'attendais à ce qu'elle fasse comme toutes les personnes qui jouent d'un instrument, qu'il s'agisse de piètres amateurs ou de musiciens éprouvés, qu'elle commence par un long préambule afin de s'excuser par avance de la médiocrité de son jeu, expliquant qu'elle avait manqué de temps pour travailler, que le morceau n'était pas encore au point, qu'elle n'allait l'interpréter que pour me faire plaisir, à la seule condition que je veuille bien lui pardonner toutes les imperfections que je ne manquerais pas de remarquer. Mais elle s'est seulement installée silencieusement sur son tabouret. Autre chose m'a étonné un peu. J'avais souvent remarqué que les pianistes qui ont une solide formation classique, de celles que l'on donne dans les meilleurs conservatoires — et c'était certainement son cas —, se font en général un devoir de jouer scrupuleusement ce qui est écrit, de la première à la dernière note, ne prenant absolument aucune liberté avec une composition dont ils ne veulent aucunement s'éloigner, s'émanciper. À moins qu'ils ne le puissent plus tant est dure la discipline à laquelle ils ont été soumis et qui leur a inculqué le respect total de la musique dans le culte de laquelle ils ont été formés. Or, au bout d'un moment à l'écouter, j'ai compris qu'elle ne jouait pas un morceau mais qu'elle enchaînait des bribes de mélodies, passant d'un air à l'autre, sans pour autant qu'on distingue entre eux quelque solution de continuité. Si bien qu'elle devait improviser un peu mais avec tant d'aisance et d'habileté qu'il aurait fallu une oreille plus exercée que la mienne pour le certifier.

Je n'étais pas musicien. Et encore moins : mélomane. Depuis toujours, j'écoutais beaucoup de musique — d'où une relative culture qui pouvait faire illusion auprès des plus profanes que moi. Mais la formation me manquait qui est nécessaire pour qui veut vraiment entendre. Ce qui ne réduit pas à rien le plaisir que l'on peut éprouver mais qui, cependant, le limite assez sérieusement. Et sans doute, passé un certain âge, avec quelques-unes des jouissances qui concernent les sens — la musique ou bien le vin —, il est trop tard, l'oreille ou le palais devenus trop vieux, pour que le goût puisse encore s'éduquer vraiment. Quant à apprécier la technique d'un pianiste, on est encore plus démuni lorsque l'on n'a pas fait soi-même ses gammes. Pour moi, et pour autant que mon infirmité me permettait d'en juger, elle jouait magnifiquement. J'allais dire : avec « virtuosité ». Mais le mot suggère que l'artiste en fait trop afin de mettre en valeur la maîtrise à laquelle il est parvenu. Tandis que tout paraissait naturel dans sa manière à elle.

Je reconnaissais beaucoup des airs qu'elle tirait du répertoire et que j'avais déjà entendus sous ses doigts lorsque je passais dans la cour ou que sa musique montait jusqu'aux fenêtres de ma chambre. Surtout du Chopin, du Schubert, du Liszt. Souvent mais pas forcément les morceaux les plus connus. Avec parfois un peu de Ravel, de Debussy, de Franck. Des transcriptions de duos, d'airs destinés à d'autres instruments ou même de morceaux d'opéra. Une mélodie glissait au sein de la mélodie suivante. Je concevais bien qu'un tel « medley » aurait eu de quoi horrifier un puriste. Mais moi, il me plaisait. J'allais dire : il me ravissait. J'avais l'impression d'être immergé dans la musique comme si elle avait constitué un univers unique et sans couture à l'intérieur duquel s'effaçaient les distinctions trop scolaires que l'on fait entre les styles, les époques, les compositeurs et leurs œuvres. On pouvait certes y jouir encore de réminiscences passagères mais sans que ne comptent plus du tout pour eux-mêmes les morceaux qui se mêlaient, apparaissaient et puis disparaissaient à la manière évanescente de fantômes évoqués prenant pathétiquement une forme fugitive avant de s'évanouir.

Au moment de jouer, elle s'est redressée sur son tabouret, a pris une grande respiration comme si elle s'apprêtait à plonger la tête sous l'eau. La posture a fait ressortir sa poitrine. Elle me tournait presque le dos. Mais la position qu'occupait le canapé par rapport au piano me permettait malgré tout d'apercevoir un peu de son profil. Elle avait dénoué ses cheveux. Ils coulaient sur sa nuque, descendaient sur ses épaules qui s'étaient mises à bouger en mesure. Ses mains se déplaçaient sur toute la largeur du clavier, la forçant parfois à étendre ses bras, comme si elle avait été une acrobate, une funambule assurant son équilibre au-dessus du vide. Elle se tenait très droite, presque cambrée. Ce qui, creusant ses reins, soulignait la forme de ses hanches, de ses fesses. Elle avait un peu tiré sur sa jupe, découvrant ses genoux, sans doute afin de donner plus de liberté à ses jambes et pour pouvoir user plus à son aise du pédalier. Ce qu'elle rendait possible dans cette petite pièce n'avait plus qu'un lointain rapport avec la musique enregistrée telle qu'une machine, si fidèle soit-elle, la restitue. Elle avait l'air d'une danseuse ou bien d'une gymnaste, engagée dans un exercice physique, un corps-à-corps avec ce quelque chose d'immatériel que, sans doute, son instrument produisait mais qui paraissait plutôt comme une propriété rendue subitement perceptible du milieu où, souveraine, elle se situait. Car c'est le propre de la musique que de rendre soudainement visibles l'espace et le temps comme s'ils se manifestaient dans le vide et y laissaient apparaître la géométrie inaperçue sur laquelle ils reposent, les lignes de force auxquelles se rapportent les phénomènes et qui confèrent à l'univers son architecture essentielle. J'avais l'impression d'assister à un minuscule mais merveilleux miracle, un prodige pour rien, qui provoquait en moi une grande émotion dont la musique était certes la cause immédiate mais dont je savais bien que le corps de femme que j'avais sous les yeux n'était pas étranger non plus à l'effet qu'il produisait sur moi.

Soudainement, elle s'est arrêtée de jouer, s'interrompant au milieu d'une mélodie, la laissant suspendue. Comme si elle en avait eu assez ou qu'elle estimait en avoir suffisamment fait pour que la démonstration fût complète. Elle a pivoté sur son tabouret et, souriante, s'est mise aussitôt à parler, à parler d'autre chose que de ce qui venait d'avoir lieu, m'épargnant par là même l'embarras où son silence m'aurait laissé. Car je me voyais mal l'applaudir. Et je n'aurais su trop quoi lui dire, quel compliment tourner qui n'eût pas paru un peu ridicule : venant de quelqu'un qui connaissait si mal la musique et s'adressant à quelqu'un qui en jouait si bien.

« J'ai peur de n'avoir rien à vous offrir à boire », a-t-elle dit. J'ai compris qu'elle me proposait de rester auprès d'elle. Mieux : j'ai réalisé qu'il était déjà entendu, pour elle comme pour moi, que nous ne nous quitterions pas tout de suite. « Je peux juste faire du thé, si vous voulez. » À défaut d'autre chose, du thé m'allait très bien. Elle est passée dans la pièce d'à côté dont elle a laissé la porte entrouverte. J'entendais le bruit de l'eau chauffant dans la bouilloire électrique, des tasses qu'elle sortait d'un placard et disposait sur un plateau. Tout en préparant le thé, en lui laissant le temps d'infuser, elle me faisait la conversation depuis l'autre côté de la cloison. J'ai pensé que c'était peut-être par timidité. Parler est plus facile lorsque, ne voyant pas la personne à qui l'on s'adresse, on peut avoir l'illusion que c'est pour soi seul.

Elle avait fait l'acquisition de ce petit logement il y avait bien des années. À une époque dont, disait-elle, je ne pouvais pas avoir idée. Elle s'était installée dans le quartier avant qu'il ne fût devenu le terrain de jeux des urbanistes, des architectes, des promoteurs, des spéculateurs. L'immeuble où nous nous trouvions se dressait alors tout seul au milieu d'une sorte de vrai terrain vague. Deux ou trois tours, déjà vétustes, existaient certes à proximité, qui servaient de logements sociaux attribués aux populations les plus déshéritées de l'agglomération — car qui d'autre aurait accepté d'y habiter ? Mais, pour le reste, on ne comptait guère que des bâtiments insalubres dont les occupants avaient été expulsés, réduits comme ils l'étaient à l'état de ruines. Les portes d'entrée étaient le plus souvent condamnées : murées ou bien obstruées par des palissades. Les façades qui donnaient sur la rue avaient l'air de trompe-l'œil ou de toiles de théâtre car derrière, les immeubles ayant été abattus, s'étendaient un grand vide, un amoncellement de déchets et de gravats. Elle a cité le titre de deux ou trois films qui avaient été tournés, plusieurs décennies auparavant, dans les environs, me demandant si je les connaissais : « Vous voyez ? Eh bien, quand je suis arrivée ici, c'était encore tout à fait ainsi, cela n'avait pas du tout bougé ! » Notre immeuble, m'a-t-elle appris, avait servi de décor à l'un de ces films que j'avais vu en effet mais dont l'intrigue m'échappait. Je me rappelais plus ou moins qu'il racontait une histoire policière. De crime. Ou bien : de disparition.

Elle a posé le plateau sur la table basse, s'est assise sur le canapé, poussant par terre les partitions que j'y avais empilées, afin d'y prendre place à côté de moi. Elle n'habitait pas vraiment ici, a-t-elle dit. Elle vivait ailleurs. Avec l'argent d'un héritage, elle avait acheté pour presque rien, avant que les prix de l'immobilier aient flambé, ce tout petit appartement, plutôt ce studio, pour y mettre son piano et afin de pouvoir y jouer librement, sans demander la permission à quiconque, sans importuner personne, quand l'envie lui venait. Il était rare qu'elle y dorme. C'était pourtant son refuge. Musicienne, elle ne l'était plus vraiment. Elle aurait pu l'être certainement. Elle ne disait les choses qu'à demi. Par discrétion. Mais de telle sorte que ce qu'elle taisait, il n'était guère difficile de le deviner. Ou du moins : de l'imaginer. Racontant ainsi sa vie tout en donnant en même temps l'impression de ne rien en révéler vraiment. Afin d'échapper avec habileté au ridicule auquel s'expose toute personne qui se confesse un peu.

Elle avait renoncé à la carrière de concertiste qui, quand elle était adolescente, s'ouvrait à elle. Parce qu'elle manquait de l'ambition qu'il faut pour s'imposer dans ce milieu qui ne vaut pas mieux que n'importe quel autre et où il est indispensable de triompher de ses concurrents si l'on veut y exister un peu. Les concours, les concerts, les tournées... Elle se faisait une autre idée de la musique. Jouer pour son seul plaisir lui suffisait désormais. En tout cas, elle le disait. Et peut-être, pensais-je, était-ce pour mieux s'en convaincre elle-même. D'ailleurs, elle jouait de moins en moins. Et d'une manière étrange, de plus en plus étrange, que ses professeurs d'autrefois n'auraient certainement pas approuvée et qu'elle-même ne comprenait pas tout à fait. Ce qu'elle disait, s'excusait-elle à nouveau, ne devait pas avoir beaucoup de sens. Mais, comme je l'encourageais à continuer, elle expliquait qu'existait pour elle comme une autre musique qui se situait derrière celle qu'elle avait apprise, qui en faisait le fond et qu'elle parvenait à entendre parfois à force de laisser ses mains jouer toutes seules sur le clavier sans que sa tête ait le souci de ce qu'elles faisaient. Elle est retournée à son instrument. Et en l'écoutant, j'avais la sensation que la musique dont elle parlait, je commençais à l'entendre aussi. Comme si, l'ayant autrefois oubliée, je la reconnaissais.

C'est à peu près tout ce que j'ai su, ce premier soir, d'elle et de son passé.

Et les soirs qui suivirent ne m'en apprirent pas beaucoup plus.

14

Il était très tard lorsque je suis sorti de chez elle. Alors que j'étais sur le point de rentrer dans mon appartement, cherchant mes clefs au fond de ma poche, dans mon dos, un bruit de serrure m'a averti que s'ouvrait la porte du logement situé sur le même palier que le mien. Dans l'encadrement, j'ai reconnu l'homme de l'autre soir, celui de l'incendie, l'individu que j'avais rencontré en compagnie de la jeune femme avec laquelle je venais de passer plusieurs heures et que j'avais quittée à l'instant. Je dis que je l'ai reconnu. En vérité, j'ai eu un moment d'hésitation. La clarté très vive qui venait de son appartement mettait son visage à contre-jour et elle m'éblouissait. Il aurait pu s'agir de n'importe qui vu le caractère assez indifférent de sa physionomie : un homme plutôt grand, entre deux âges, doté de la corpulence qui en général l'accompagne, ni laid ni beau, avec assez d'allure pour pouvoir éventuellement plaire mais suffisamment banal pour être facilement confondu avec un autre — avec moi, par exemple, à qui la même description aurait pu pareillement s'appliquer, j'imagine. J'ai réalisé alors qu'il occupait le domicile que je voyais depuis mes fenêtres et dont j'avais remarqué que — quelle que fût l'heure — il restait toujours éclairé.

J'ai eu l'impression qu'il m'avait attendu, qu'il m'épiait et guettait le moment où j'allais regagner mes pénates — selon l'expression désuète qui, bizarrement, m'a traversé l'esprit. Je ne voyais pas d'autre explication raisonnable. Il ne pouvait pas s'agir d'une pure coïncidence. Imaginer que le hasard me mettait soudainement, le même soir, en présence de deux individus que j'avais côtoyés pendant des mois sans jamais les avoir rencontrés constituait une idée trop extravagante. Une seconde suffit au cerveau pour qu'il façonne la plus invraisemblable des fables. Je n'en savais rien mais, parce que je les avais d'abord vus l'un avec l'autre, j'avais été convaincu qu'ils étaient en couple : d'une certaine manière, ils allaient bien ensemble ; en tout cas, il n'existait pas de disproportion suffisante entre leurs deux personnes pour rendre invraisemblable l'hypothèse d'une liaison. Et parce que j'avais noté quelle distance ils prenaient malgré tout soin de maintenir entre eux, j'en avais conclu, sans plus de preuves ou même d'indices, qu'il s'agissait sans doute d'un couple illégitime : des amants préservant, sans trop s'en soucier pourtant, le secret de leur relation. Cela ne me regardait pas. Cela ne me concernait pas. Cela m'intéressait à peine. Sur le moment, en tout cas. Car, pour être honnête, mon opinion avait forcément changé un peu maintenant.

Je me suis dit qu'il savait que je venais de chez elle. C'était pourquoi il m'attendait. J'ai imaginé la pénible scène de vaudeville qui allait suivre. La jalousie, la stupide certitude qu'ont certains hommes que les femmes avec lesquelles ils ont couché leur appartiennent, la conviction qu'ils ont des droits sur elles et peuvent légitimement demander des comptes à ceux qui les leur contestent, tout cela suffit parfois à rendre fou. Il y en a beaucoup d'exemples, parfois d'une brutalité et d'une bêtise sinistres — et particulièrement dans les journaux à la rubrique des faits divers. Je n'avais pas peur. Qu'aurais-je eu à craindre de lui ? Je souhaitais surtout m'épargner le risible d'une rixe.

J'étais sur mes gardes. Mais son attitude m'a immédiatement détrompé quant à ses intentions. Il arborait un large et excessif sourire. Il m'a salué de la façon la plus amicale qui soit, prétendant qu'il avait entendu mes pas dans l'escalier, engageant la conversation puis, prétextant qu'il y avait quelque chose d'un peu ridicule à rester plantés sur le palier à deux heures du matin — ce dont je suis convenu volontiers —, il m'a proposé à son tour d'entrer un instant chez lui. J'ai répondu qu'il était tard, très tard, qu'une autre fois peut-être...

Je ne perdais pas de vue ma première idée. Son invitation modifiait seulement le scénario que j'avais en tête. Je suspectais maintenant cet homme de vouloir m'attirer auprès de lui afin d'entendre de ma bouche le récit de la soirée que je venais de passer avec la femme dont il était l'amant. Naturellement, je n'avais aucunement l'intention de le lui donner si c'était bien un pareil plaisir qu'il cherchait auprès de moi. J'avais envie d'être seul, de me coucher, de dormir. En même temps, et comme il insistait, je ne voyais pas comment refuser sa proposition sans paraître très discourtois et sans prendre le risque de le heurter inutilement. Et puis peut-être éprouvais-je également à son égard un peu de curiosité. Me disant que, retournant la situation en ma faveur, j'en saurais davantage sur lui — et surtout sur elle — qu'il n'en apprendrait sur moi.

La disposition de son appartement — tel que je le découvrais — était exactement identique à la disposition du mien. On aurait dit deux logements jumeaux. Cela n'avait rien d'étonnant puisqu'ils se situaient dans le même immeuble, sur le même palier. Mais l'impression n'en était pas moins très étrange : entrant chez lui, j'avais le sentiment de rentrer chez moi. Pas tout à fait, cependant. Le bureau débordait sur le salon où il me recevait. Son ordinateur trônait au milieu de la table qui aurait dû servir à dîner. Des livres en piles, des liasses de papiers, des journaux en vrac jonchaient le sol. Il a dû percevoir ma réaction et m'a prié de l'excuser pour le désordre. « Je ne m'attendais pas à avoir de la visite », a-t-il dit. J'ai trouvé la remarque un peu déplacée. On aurait dit que je n'étais pas entré à sa demande, que j'avais forcé sa porte, débarqué à l'improviste, que je m'étais invité chez lui.

Un bon point pour lui : il avait autre chose à m'offrir que du thé. Du whisky, un assez bon whisky. La bouteille, posée près de son ordinateur, à portée de la main, était déjà à moitié vide. À voir le verre qu'il m'a servi, le remplissant aux trois quarts, je me suis fait une idée des doses assez généreuses qui devaient constituer son ordinaire. Peut-être était-il déjà ivre, ayant passé la soirée à boire. Il n'en avait pas l'air. Mais cela ne signifie rien. Sans doute cherchait-il à me saouler. En tout cas, dans l'état de fatigue où je me trouvais, l'alcool n'a pas tardé à produire sur moi son effet salutaire. Le cerveau se met à flotter dans la tête. Toutes les cellules qui le composent, on dirait qu'elles communiquent entre elles d'une manière différente. Des cloisons mentales coulissent qui donnent accès à des lieux, dans son esprit, dont on ne savait rien et dont on réalise soudain qu'ils existent, qu'ils correspondent les uns avec les autres avec une parfaite fluidité. Le monde reste le même, bien entendu, et pourtant il a totalement changé depuis la perspective d'où on le considère désormais. Passé un certain seuil, on a le sentiment d'avoir été pourvu d'un appareil étrange — de nouveaux organes doués chacun de sens nouveaux — dont les propriétés modifient toute perception possible de la réalité. La lassitude se dissipe. La conscience semble claire comme jamais. Plus rien ne paraît improbable.

Je m'attendais à ce que la conversation porte sur la femme dont je persistais à penser qu'elle était sa maîtresse. Mais d'elle, il n'a pas été une seule fois question. À tel point que j'ai eu l'impression qu'il évitait systématiquement le sujet. Ce qui, paradoxalement, me confortait dans l'idée qu'il n'avait qu'elle en tête. Nous avons fait connaissance. Comme c'est l'usage en de pareilles circonstances, il s'est enquis de qui j'étais, de ce que je faisais. Une phrase en entraîne une autre. Sous l'effet du whisky, j'ai trop parlé. Je disais des choses, je m'entendais dire des choses que je me repentais d'avoir dites dès le moment où elles sortaient de ma bouche mais que je me sentais incapable de retenir. Confiées à quelqu'un qui, pour moi, n'était personne, n'occupait aucune place dans mon existence, dont je doutais qu'il fût autre chose qu'une sorte de spectre dont la présence se dissiperait avec l'aube, elles me paraissaient ne pas porter à conséquence. Cela faisait longtemps que je n'avais pas autant parlé à quiconque. Je m'en trouvais le premier surpris. Comme si je laissais s'écouler hors de moi, d'une manière un peu malpropre, le trop-plein des mots emplissant ma tête depuis des mois.

Il m'écoutait. Mais, en réalité, j'avais l'impression qu'il accordait assez peu d'attention à mes propos. Disons : pas plus que ne l'exige une politesse distraite. Il ne relevait aucune de mes remarques. Ramenant toujours à lui la conversation. S'engageant assez vite dans une espèce de monologue un peu décousu. « Puisque vous me le demandez… » Mais je ne lui demandais rien. Ou bien : « Comme cela semble vous intéresser… » Même si cela ne m'intéressait nullement. Mes propres interventions interrompaient de plus en plus rarement le discours qu'il me tenait. Elles avaient l'apparence de répliques exclusivement destinées à lui permettre de reprendre son souffle et à relancer dans une direction différente la confession à laquelle il se livrait dans la nuit. Il ne racontait pas exactement sa vie. Il l'évoquait de façon désordonnée lorsque la conversation s'y prêtait. Mais avec tant d'insistance que je n'avais aucun mal à déduire de ses propos un récit aussi cohérent que s'il m'avait fait la lecture de son autobiographie.

Il parlait comme un livre. D'ailleurs, il était écrivain. Son nom ne m'aurait rien dit. D'abord, précisait-il, parce qu'il n'était pas aussi connu qu'il aurait mérité de l'être. Certainement, et même si cela était dommage, il était prêt à parier que je n'avais jamais eu entre les mains aucun de ses ouvrages. Il a mentionné quelques titres. De fait, et même si j'avais la délicatesse de ne pas en convenir devant lui, il en allait ainsi : ils ne me disaient rien. Surtout : il signait ses livres de plusieurs pseudonymes. Si bien que, les ayant lus, j'aurais été incapable de deviner qu'il les avait écrits. Il avait depuis toujours la conviction que la vérité ne peut s'exprimer qu'en secret, qu'il faut à celui qui l'énonce revêtir plusieurs masques. Il me donnait de prestigieux exemples de la chose : de très grands auteurs qui avaient édifié leur œuvre dans l'ombre et auprès desquels, comme si cela allait de soi, il se comptait lui-même. Malgré les propositions que lui avaient adressées plusieurs fois des éditeurs très en vue — il me les citait —, il préférait les publications confidentielles. Le mensonge régnait partout et particulièrement dans le prétendu monde de la pensée et des lettres. Il fallait se garder de tout commerce avec lui : passer dans la clandestinité, disait-il.

J'étais frappé, bien sûr, par la fatuité assez épouvantable dont le personnage faisait tranquillement preuve. En même temps, peut-être s'agissait-il d'un trait commun à tous les écrivains et dont, pour cette raison, on ne pouvait complètement leur faire grief. Je l'ignorais. Je ne fréquentais pas d'écrivains. Et avoir fait la connaissance de celui-ci ne me donnait guère l'envie d'être présenté à d'autres. Pourtant, je ne parvenais pas à le juger vraiment antipathique. Sans doute parce que je ne réussissais pas à le prendre tout à fait au sérieux. J'avais l'impression que par habitude il jouait un rôle auquel lui-même ne croyait pas et auquel il n'exigeait pas non plus que les autres croient davantage. Cela me convenait.

Je me gardais bien d'émettre un avis. J'ignorais tout de la philosophie, de la littérature. Disons que cela faisait très longtemps que j'avais cessé d'en lire. Du jour au lendemain. À l'époque, il m'avait fallu quelques mois pour réaliser quel étrange phénomène s'était produit à mon insu dans mon esprit, me détournant subitement des livres, de tous les livres. Cela ressemblait à un envoûtement. Ou plutôt : à un désenvoûtement. D'un seul coup, et sans que je puisse dire ni comment ni pourquoi, avait cessé d'opérer sur moi le charme qui en général agit si puissamment sur les cerveaux et leur rend indispensable leur dose quotidienne de pensée, de fiction. Un matin, je m'étais planté devant ma bibliothèque, y cherchant mécaniquement quelque chose à lire, et m'étais demandé à quoi rimait toute cette masse de papier sur laquelle depuis, sans plus y toucher, j'avais laissé pleuvoir la poussière.

Tous les livres m'avaient paru vains. Je ne voyais plus ce qu'ils auraient eu à me dire. J'avais oublié le chemin des librairies. Pour être honnête, par un reste d'habitude, il m'arrivait encore d'en franchir le seuil. Je prenais des ouvrages parmi les nouveautés présentées au public, j'en feuilletais les premières pages. Ils me paraissaient avoir été écrits dans une langue inconnue dont je saisissais à peu près le sens mais ne comprenais plus la raison d'être. Des essais, des romans qui n'exprimaient rien sinon le désir qu'avaient eu ceux qui les avaient signés de prendre une avantageuse pose d'artiste que ce qu'ils avaient écrit — cela sautait aux yeux — ne justifiait pas : et même, avec un peu de cruauté, je n'étais pas loin de penser que leurs productions prétendument romanesques ou poétiques constituaient le meilleur démenti aux prétentions disproportionnées qu'ils affichaient. Les auteurs y allaient au culot et spéculaient sur la crédulité des lecteurs. Cela marchait, semble-t-il. Mais la névrose du premier venu me paraissait moins pauvre, moins piteuse que celle qu'exposaient ainsi au grand jour ces individus et que rétribuait l'hypothétique et dérisoire célébrité à laquelle ils aspiraient.

Lui, il s'était installé dans le quartier il y avait longtemps — plus de dix ans, disait-il — parce qu'il souhaitait s'établir en un lieu situé à l'écart — condition indispensable à son art, ajoutait-il. Il en était devenu l'historiographe. Ses travaux déjà faisaient autorité auprès des personnes réellement informées. Parmi tous les projets qu'il conduisait en parallèle, qui touchaient à tous les domaines de la connaissance mais participaient cependant d'une seule et même recherche dont il faisait parcimonieusement paraître les résultats ici ou là, fidèle en cela à la stratégie qu'il m'avait exposée, l'un des principaux concernait en effet le lieu où nous vivions. Un monde de mystère, expliquait-il, nous entourait. Il racontait toutes sortes d'anecdotes touchant au quartier, tirées de vieux livres ou bien empruntées à l'actualité la plus récente — dont la dernière portait sur l'incendie dont nous avions été témoins et sur lequel, insinuait-il, s'il l'avait pu, il aurait eu beaucoup de choses à dire. Une cohérence secrète, continuait-il, unissait tous ces événements. Ils formaient comme une longue chaîne dont chaque maillon avait son sens et qui se trouvait reliée à celle que forment les faits de la grande histoire officielle. Si je le souhaitais, si je ne redoutais pas d'apprendre une vérité qui sidère et effraie la plupart des hommes et devant laquelle ils reculent, il me révélerait, promettait-il, au cœur de quelle énigme nous nous tenions — énigme qui, si elle était résolue, déclarait-il avec solennité, laisserait se manifester sous mes yeux le sens majuscule du monde.

« La vérité toute nue, toute crue ! » disait-il, ajoutant, content de lui-même : « C'est-à-dire celle en laquelle on ne croit jamais. »

Je ne suis pas aussi naïf. Bien sûr, à l'écouter, très vite, je me suis sérieusement demandé s'il n'était pas fou. Mythomane : car, après tout, rien ne me garantissait qu'il était vraiment l'écrivain considérable pour lequel il voulait passer à mes yeux. Paranoïaque aussi : tant son discours ressemblait à celui que tiennent des illuminés convaincus d'avoir compris quel complot on ourdit partout dans le dos des hommes et qui explique le sort que, sans en avoir conscience, ils subissent. Mais ce soir-là j'avais toutes sortes de raisons de me sentir léger, de bonne humeur. À cela s'ajoutait l'effet de l'alcool qui me rendait inhabituellement bienveillant. Il me faisait son numéro. Je le trouvais distrayant. Qu'il dise ou non la vérité importait peu. Il m'a fait promettre de repasser le voir. À n'importe quelle heure du jour ou plutôt de la nuit.

Il ne dormait jamais.

« Je veille ! » m'a-t-il dit.

15

L'été a fini ainsi.

Chaque soir, je la retrouvais. J'ai dit que j'en révélerais le moins possible sur ma vie. Mais j'ai peur qu'on ne comprenne rien à ce qui va suivre si je ne me fais pas un peu plus explicite. Tout paraîtrait improbable, inventé.

Pourtant, je le sais bien, quoi que je dise, les précisions que je peux donner n'atténueront pas beaucoup le caractère invraisemblable de mon récit. Qui le tiendrait pour vrai ? J'avais du mal, moi-même, à croire à ce qui m'arrivait. Selon l'expression consacrée : cela avait l'air d'un rêve. Depuis longtemps, si je parvenais encore à y jouer mon rôle, je me sentais étranger au monde. Il avait perdu pour moi ce qui lui donne sa consistance aux yeux des autres. La réalité restait en place mais elle s'était vidée de tout ce qu'elle aurait dû contenir. Je l'acceptais sans lui accorder aucune sorte de crédit. Lorsque la réalité prend elle-même l'apparence d'un rêve douteux, il est logique que le songe le plus insensé, on l'accepte comme s'il allait de soi. La folie a sa méthode. Ses sophismes acquièrent l'évidence d'une démonstration quasi scientifique. À l'impensable, tout naturellement, et sans en avoir véritablement conscience, on accorde la place qu'il exige.

Ainsi, dans sa vie, parfois, on laisse des choses arriver que jamais l'on n'aurait crues possibles. Ce qui se passe entre un homme et une femme compte au nombre de ces choses. Quelle que soit l'habitude qu'on en a, de toutes les façons, il est difficile au fond d'y accorder foi. Je parle de la soudaine intimité des corps. Particulièrement lorsque, comme ce fut le cas, tout arrive si vite et que, d'un commun accord, on saute les étapes qui, en général, ne serait-ce que par pur souci des convenances, mènent progressivement deux êtres dans un même lit. L'évidence est là. Elle suffit. Le reste s'ensuit. Dont il est assez inutile de dire quoi que ce soit. Puisque chacun sait à quoi s'en tenir et de quoi, au fond, il retourne. Plus rien d'autre n'est vrai que ce qui, alors, a lieu.

Il y a des signes qui, d'habitude, ne trompent pas. Je voyais bien que je lui plaisais. Et je savais bien qu'elle me plaisait. J'ai eu le sentiment de n'avoir rien décidé. Et qu'elle n'avait rien décidé non plus. Tandis qu'elle jouait, je m'étais approché d'elle. J'avais mis mes mains sur ses épaules et puis j'avais passé mes bras autour de sa taille, posé mes lèvres sur son cou. J'avais fait pivoter le tabouret pour qu'elle se retrouve face à moi, l'avais embrassée et l'avais poussée sur le canapé voisin. Ou bien : c'était elle qui, me donnant un baiser, répondant au mien, m'avait clairement indiqué qu'elle me laissait disposer de son corps, que j'étais libre d'en faire ce que je voulais et qu'elle voulait aussi. Je ne sais plus. J'aurais été en peine de dire qui d'elle ou de moi avait pris l'initiative. Un autre que soi agit à sa place. Auquel on ne donne ni tort ni raison. À qui on s'en remet totalement parce qu'on se dit qu'il sait mieux que soi ce qu'il convient de faire. Et il faut le remercier pour l'audace dont il fait preuve et dont, soi-même, on aurait été incapable.

Je n'en dis pas davantage. La nudité des corps, le jeu qu'ils jouent dans le noir, le formidable émerveillement un peu apeuré qui les accompagne, à les raconter, on manque forcément ce qu'ils ont d'essentiel. Elle s'installait à son piano. Puis nous passions dans son lit. Où nous restions longtemps. Nous regardions, nous écoutions les secondes, les minutes, les heures à mesure qu'elles s'écoulaient sans rien promettre d'autre que ce qu'elles nous offraient et qui nous suffisait.

Je la retrouvais chaque soir. Je ne veux pas prétendre que cela donnait un sens nouveau à ma vie. D'abord, il eût fallu que cela ait un sens. Si cela en avait un, j'ignorais lequel. Et puis, rien n'est jamais aussi simple. On dit : sa vie. Comme si l'on n'en avait qu'une. Alors que plusieurs coexistent qui communiquent à peine les unes avec les autres. De sorte que l'émerveillement soudain d'aimer lorsqu'on l'éprouve dans l'une de ces vies n'enlève rien à l'accablant chagrin que l'on ressent dans une autre. Des centaines d'histoires se déroulent en même temps, elles s'unissent sans rien perdre pourtant de ce qui les rend uniques et singulières, et nul ne saurait décider, parmi la multitude qu'elles forment, laquelle, mieux que toutes les autres, dit vrai. Chacun reste ainsi captif du récit qu'à son insu il écrit et qui contient en lui toutes sortes d'intrigues dont aucune ne vaut davantage qu'une autre.

De mon histoire à moi, elle ignorait à peu près tout. Si je lui en avais parlé, sans trop pouvoir dire lequel, j'aurais eu l'impression de trahir un secret afin de lui extorquer quelque chose en échange de ce que je lui livrais de moi. Mais ce qu'elle me donnait me comblait déjà. Je n'en voulais pas plus. D'ailleurs, elle n'aurait pas pu m'en offrir davantage. De son histoire à elle, je ne savais rien non plus. Peut-être était-ce pour les mêmes raisons. Elle me taisait presque tout de sa vie. Je lui supposais, à elle aussi, un secret qu'elle gardait pour elle et que, pour ma part, s'il faut dire vrai, je n'avais aucune envie de découvrir : je n'aurais pas su qu'en faire. Mais je n'étais pas même certain que ce fût bien le cas. Peut-être n'avait-elle rien à cacher. Et moi non plus, du reste, si j'y réfléchissais. On prête à autrui une profondeur dont il est dépourvu. Comme si les hommes, les femmes, semblables aux personnages d'un mauvais roman, avaient été dotés d'un tempérament, d'un caractère que leur passé éclaire, qui, mystérieusement, gouverne leur conduite et explique jusqu'au moindre des gestes qu'ils accomplissent : un ressort qui les meut et fait d'eux des automates dont on s'imagine, si on les démonte, pouvoir comprendre la mécanique qui les anime. Alors que, certainement, nul n'abrite en lui rien de tel. Et chacun se trouverait très embarrassé s'il devait dire qui il est, ce qui fait sa raison d'être, ce qui décide de sa vie.

L'une des meilleures choses dans l'amour, dans l'amour physique, c'est qu'il dispense de tout discours. Et presque de toute pensée. On ne parle pas dans un lit. Ou alors : les choses qu'on y dit ne comptent pas, elles sont comme de vieilles répliques de théâtre qui n'appartiennent à personne et dont chacun vient faire usage à son tour, écrites il y a bien des siècles par un auteur dont tout le monde a oublié le nom, afin qu'elles servent aux amants pour le rôle qu'ils jouent, des phrases interchangeables car elles sont sans objet, et qui, quelle que soit la pièce représentée, conviennent à peu près aux acteurs indifférents qui l'interprètent. Même quand les comédiens sont peu doués, entre les draps, cela fait une petite musique, une petite musique de nuit, sans réelle signification mais suffisante afin d'enchanter le monde le temps qu'elle dure.

Comme les airs qu'elle jouait pour moi chaque soir et qui, lorsque je les entendais monter depuis la cour jusqu'aux fenêtres de mon appartement, me donnaient le signal, m'indiquant qu'elle était arrivée, que l'heure était venue pour moi de la rejoindre. C'était devenu une sorte de rituel. Je descendais l'escalier. Je poussais la porte qu'elle avait laissée ouverte. Elle ne s'interrompait pas, ne se retournait pas. Je m'installais sur le canapé. Je la regardais accomplir sur son clavier les gestes nécessaires afin que la musique, comme si elle l'évoquait à la façon d'une magicienne libérant le génie bienveillant contenu par son instrument, vienne remplir toute la pièce de sa pure et bienfaisante présence. Mais peut-être jouait-elle plutôt à la façon des sirènes dont le chant charme leurs victimes, du joueur de flûte qui attire à lui les enfants dans la nuit.

J'aurais été incapable de dire par quel mystère elle était entrée dans ma vie. Et, certainement, la réciproque était vraie.

Car je voyais mal ce que j'étais venu faire dans la sienne. Plus prosaïquement : je me demandais pour quelle raison assez absurde elle m'avait, et si vite, ouvert son lit, ce qu'elle avait bien pu me trouver, à moi plutôt qu'à un autre qui sans doute valait autant ou aussi peu que moi. Ou plutôt : je ne me le demandais pas trop. Sachant que, dans certaines limites, n'importe quel homme convient à n'importe quelle femme. Et inversement. Chacun fait l'affaire. Ce n'est qu'une question de chance dont décident les circonstances. Il n'y a rien à expliquer.

J'ai dit que nous ne parlions pas du passé. Plus étrangement, nous n'évoquions jamais l'avenir. Ce qui allait advenir de nous, nous ne l'imaginions jamais : tous les plans sur la comète que se font les amants, les promesses auxquelles ils ne croient pas mais qui leur paraissent indispensables pourtant, tant qu'il dure, au présent qu'ils partagent. Peut-être était-ce sous l'effet d'une superstition banale et par peur que ce que nous en dirions le fasse aussitôt s'évanouir. Demain était assez. Le jour d'après recommencerait celui qui venait de finir. J'entendrais le piano m'appelant dans le soir. Je répondrais à son appel. Comme si j'avais été sous l'effet d'un sortilège auquel je ne savais pas me soustraire. Et heureux de l'être.

Une femme, pour peu qu'elle soit suffisamment jolie, je veux dire : vivante, passe facilement aux yeux d'un homme, s'il est assez sentimental, pour une apparition : une créature quasi surnaturelle qui, surgie de nulle part, vient le visiter et se livrer gracieusement à lui. Des légendes en parlent, sorties de la nuit des temps. Et elles racontent toutes que, lorsque de telles choses arrivent, il est hautement recommandé de se montrer le moins curieux possible, de se contenter du formidable cadeau que, sans raisons, la vie vous fait. À trop vouloir en savoir, on finit par tout perdre : la sylphide se transforme en serpent, la fée se fait fumée quand on prétend la saisir, elle ne laisse entre vos bras qu'une chose morte et hideuse à étreindre avec, dans votre bouche, un goût mauvais de cendres qui empoisonne le sang, corrompt l'âme, abat le corps. On se retrouve seul. Je connaissais mes classiques. Il ne faut pas exiger du monde davantage que ce qu'il est en mesure parfois de vous donner. J'avais au moins appris cela de la vie.

J'attendais jusqu'au lendemain pour que revienne avec lui ce que m'avait offert le jour qui venait juste de finir. Et c'était bien.

16

Tous les soirs, je la retrouvais.

Puis, toutes les nuits, je me rendais chez lui.

Le lendemain, je veux dire : le soir qui suivit celui de la première fois, en remontant l'escalier qui conduisait chez moi, j'ai aperçu de la lumière qui passait sous sa porte. Je me suis arrêté sur le palier, doutant de ce qu'il me fallait faire. Je l'avais complètement oublié. Je ne conservais qu'un souvenir très vague de la longue conversation que nous avions eue la veille. Je parvenais plus ou moins à la reconstituer mentalement — malgré des blancs, des trous qui la rendaient plus incohérente encore qu'elle n'avait été — mais elle manquait autant de consistance que si je l'avais imaginée. Je me suis malgré tout rappelé la promesse que je lui avais faite. J'ai hésité un long moment. Me disant qu'il vaudrait mieux aller directement me coucher comme j'en avais naturellement envie. J'étais cependant inquiet à l'idée de ne pas respecter la parole que je lui avais plus ou moins donnée. Même si les serments les plus solennels lorsqu'on les fait sous l'effet de l'alcool n'engagent jamais personne. Bien sûr, rien ne m'y forçait, j'étais libre, sans aucune obligation à son égard, mais j'ai finalement sonné à sa porte.

Il m'a ouvert très vite. Sur sa table, j'ai aussitôt vu les deux verres qu'il avait disposés sur un plateau à côté de la bouteille de whisky — une nouvelle bouteille qu'il avait pourtant déjà un peu entamée, de la même marque. Ce qui m'a donné à penser qu'il devait en posséder plusieurs caisses d'avance. À ce signe, aux deux verres que j'ai vus et qu'il avait préparés, j'ai su qu'il était certain de la visite que je lui rendrais. Il ne doutait pas que je répondrais à son invitation. J'ai eu le désagréable sentiment de me trouver pris à un piège qu'il m'avait tendu et dans lequel j'étais tombé tête baissée. Tandis qu'il prenait place à la table qui lui servait de bureau, il m'a proposé de m'asseoir dans le luxueux fauteuil en cuir qui était à peu près le seul meuble digne de ce nom dans la pièce et qui, comme j'en avais fait l'expérience, était si profond qu'on s'enfonçait en lui, éprouvant du mal à s'en extraire une fois qu'on s'y était installé.

J'étais bien décidé à ne pas m'attarder, à lui fausser compagnie dès que possible, à ne plus jamais revenir. J'ai bu trop rapidement le premier verre qu'il m'a servi dans l'idée de partir aussi vite et dès que je l'aurais eu vidé. Mais la dose d'alcool était si importante qu'elle m'a un peu cloué sur place. Je n'ai pas résisté à la proposition d'un deuxième verre, pensant que cela n'engageait à rien. Les mêmes causes produisant les mêmes effets, la scène qui avait eu lieu la veille s'est répétée à peu près à l'identique. La conversation a repris au point où nous l'avions laissée. Quelque chose avait changé, cependant. Il parlait avec plus d'assurance encore. Ce que, malencontreusement, je lui avais révélé de ma vie et à quoi il ne manquait pas de faire discrètement allusion lui conférait un avantage sur moi. Presque : un ascendant. Il agissait comme si une convention tacite avait été passée entre nous qui faisait de moi l'auditeur consentant du discours qu'il avait décidé de tenir. Les rôles avaient été distribués une fois pour toutes et il n'y avait plus lieu d'en changer : il parlait et je l'écoutais. Puisque j'étais revenu, je voulais savoir la suite. C'est-à-dire : la suite de la grande théorie à laquelle il travaillait depuis des années et dont il ne m'avait encore exposé que les prémices. Peut-être était-ce le cas, après tout, et même si je ne me l'avouais pas. Mais surtout, si je ne lui en disais rien, l'idée n'avait pas quitté ma tête, si absurde fût-elle, qu'un lien existait entre elle et lui. Si bien que ce qu'elle me taisait, je l'apprendrais de lui.

Il ne manquait pas d'habileté : virtuose même dans l'art d'une certaine dialectique qui donne au disciple l'illusion que c'est lui qui découvre la vérité que son maître lui dicte. Il savait susciter de ma part des questions afin de me convaincre qu'il ne parlait que dans le but de satisfaire ma curiosité, reprendre quelques-unes de mes remarques comme s'il les faisait siennes, produire l'impression qu'il cherchait ses mots, ses idées, qu'il faisait avancer sa démonstration un peu au hasard et sans l'avoir préparée. Alors qu'il était tout à fait évident que, sous l'apparence qu'il simulait à merveille d'une conversation à bâtons rompus, il débitait un discours dogmatique, dont il avait tout en tête, qu'il aurait pu aussi bien exposer d'une traite et sur le mode magistral dont on use depuis une chaire d'université. Malgré moi, j'étais entré dans son jeu. Le problème était que ce jeu, il le jouait admirablement et beaucoup mieux que moi. Il avait toujours plusieurs coups d'avance. Chaque mouvement que je faisais, il paraissait l'avoir déjà prévu. De sorte que la partie progressait, inexorable, dans le sens qu'il souhaitait.

Je n'étais pas de taille à résister à sa rhétorique. Mais cela m'importait peu. Je n'ai jamais été possédé de la rage d'avoir raison. Les disputes m'ont toujours ennuyé. L'avidité avec laquelle ceux qui s'y livrent veulent à tout prix avoir le dernier mot comme si leur honneur, ou même leur vie, en dépendait m'inspirait plutôt du mépris. Elle témoignait de leur part d'un manque de distinction, d'élégance. Autant dire : de vulgarité. Moi, j'avais plutôt tendance à battre en retraite et, passé un certain point, sans pour autant me dédire de mes convictions, à me retrancher dans une sorte de mutisme obstiné dont je voyais bien que mes adversaires l'interprétaient comme un aveu de défaite.

Cela m'était égal. J'étais faible, peut-être. Mais je n'étais pas crédule pour autant. Même s'il ne me paraissait pas méchant, il me faisait l'effet d'un fou. C'est pourquoi je me gardais bien de le contredire. Je ne lui donnais pas tort. Je ne lui donnais pas raison. Je dis : un fou. Mais le mot est certainement excessif. Il avait juste une manière absolument systématique de considérer le monde comme si tout, en lui, avait eu un sens. La passion le possédait de partager avec autrui la vérité qu'il prétendait avoir découverte. Mais c'est le cas de beaucoup de gens après tout qu'une insignifiante marotte obsède dont ils sont convaincus qu'elle va ravir tous ceux qu'ils mettront dans la confidence. Sauf qu'en général les conventions de la vie sociale fixent des limites au prosélytisme — limites que peu de personnes s'autorisent à ignorer, à franchir. À moins qu'elles ne s'imaginent que les circonstances leur en donnent l'opportunité. J'avais été imprudent. Je m'en voulais vaguement. J'étais un peu devenu sa proie. Sans pourtant que cela porte vraiment à conséquence.

Je le laissais parler. Je ne risquais rien à l'écouter. Le whisky était bon. Il y en avait en abondance. Le fauteuil était confortable. J'avais à peine dix pas à faire si je voulais rentrer chez moi. Et puis, malgré tout, il possédait un vrai talent : une éloquence qui aurait fait merveille en société et dont je m'étonnais qu'il en fasse usage pour moi seul. On sentait qu'il était rompu à l'exercice. Bien sûr, un pareil brio est le plus souvent trompeur. Le charme s'use très vite. Le discours tourne en boucle. Les belles phrases sonnent creux. Mais il savait entretenir avec art une sorte de suspense : à chaque argument nouveau qu'il avançait, il prenait soin de signaler qu'il ne trouverait tout son sel qu'avec l'un des arguments qui suivraient. Son discours prenait l'allure d'une énigme à tiroirs. Ou bien d'un feuilleton appelé à se poursuivre de nuit en nuit sans que jamais n'arrive le moment de conclure. Comme Schéhérazade — si étrange que fût la comparaison —, il savait s'interrompre à l'endroit même de sa démonstration où l'auditeur réclamerait la suite et il remettait au lendemain de la lui révéler avec le prochain épisode. Peut-être lui aussi parlait-il pour sauver sa vie. Ou peut-être était-ce moi qui l'écoutais afin de sauver la mienne. Je veux dire : de comprendre enfin le sens qu'elle avait pris.

Pour saisir ce qu'il en était de la signification cachée des choses, il suffisait, disait-il, de lire les journaux. À condition toutefois d'être muni de la clef qu'il avait en sa possession et de savoir la faire jouer dans la serrure du monde. Sinon, on n'avait aucune chance de voir le lien qui unissait pourtant toutes sortes d'événements plutôt disparates. Dont les plus intéressants, ajoutait-il, n'étaient pas nécessairement les plus spectaculaires. L'évidence était tellement éclatante qu'elle passait inaperçue. Les faits divers en disaient plus long que les articles s'étalant à la une des quotidiens — pour ne rien dire des éditoriaux, des tribunes où de beaux esprits parlaient systématiquement à côté des phénomènes dont ils devisaient et qu'ils prétendaient expliquer.

Je ne me rappelle plus très bien par quel bout il prit les choses et comment il entama sa longue démonstration. Mais, parmi tous les exemples qu'il choisit pour illustrer sa théorie, il en est un qui me frappa davantage que les autres. Je crois bien qu'il débuta par là. Avec ce qu'il avait appris de ma vie, il avait certainement deviné à quel hameçon me prendre. À l'époque, un événement eut lieu que chacun, sans doute, garde en mémoire et dont il me parla longuement. Des disparitions d'enfants défrayaient la chronique. Plusieurs s'étaient déroulées coup sur coup en différents endroits du territoire — dont l'une dans le quartier que nous habitions. La police avait ratissé tout le secteur, fouillant avec ses chiens du côté des chantiers, des immeubles en cours de construction, de la zone longeant les lignes de chemin de fer filant vers l'est. En vain. Des enquêteurs étaient venus frapper aux portes afin d'obtenir de très hypothétiques renseignements. Et cela n'avait pas donné plus de résultats. On avait arrêté un vagabond, afin de calmer les esprits, qu'il avait fallu relâcher faute de preuves. Partout sur les murs, les palissades, les arbres et les réverbères, des affichettes multipliaient le portrait d'un petit garçon.

Qu'en l'espace de quelques jours et aux quatre coins du pays le même drame se soit déroulé avait beaucoup frappé l'opinion, réveillant la rumeur d'un réseau criminel organisant sur une grande échelle de tels enlèvements. La chose n'était pas impossible. Malheureusement, on en avait eu des exemples dans le passé. Mais peut-être n'était-ce que l'effet de ce que l'on nomme « la loi des séries » lorsque l'on veut mettre sur le dos du hasard la conjonction d'événements qui ne paraissent sans causalité commune que parce que l'on échoue à voir le lien qui les unit. Lui ne croyait pas au hasard. Mais il ne prêtait pas foi non plus à la rumeur mettant en cause un obscur commerce d'enfants organisé par des voyous et par des pervers. Une pareille hypothèse ne servait qu'à brouiller les pistes. Il s'agissait d'un leurre. La solution, disait-il, était d'un autre ordre.

Avais-je remarqué, me demandait-il, à quel point les gens disparaissaient facilement ? Depuis la nuit des temps. Les hommes avaient fabriqué des fables afin d'en rendre compte. Elles parlaient de créatures surnaturelles venant arbitrairement ravir les vivants et de terres étrangères vers lesquelles elles les enlevaient. Elles dépeignaient d'autres mondes accueillant la foule immense de ceux qui, un jour, avaient quitté le nôtre et qui n'en retrouvaient que rarement le chemin. Personne, bien sûr, ne croyait à de pareils contes. Le mystère demeurait. La chose s'était toujours vue. Mais depuis quelque temps le phénomène prenait des proportions particulières. Au point qu'on en parlait un peu partout comme de l'un de ces « problèmes » dont la société se plaît à bavarder, que tournent et retournent en tous sens experts, psychologues, journalistes, et qui fournissent la matière qui leur manque aux cinéastes, aux romanciers en mal d'inspiration.

Par milliers, par dizaines de milliers, chaque année, racontait-il, s'évanouissaient des individus. Un enfant ne revenait jamais de l'école. Une femme, un homme ne rentrait pas au foyer. Rien ne l'expliquait. Ils avaient quitté leur domicile le matin et on ne les y revoyait jamais. Les proches s'alarmaient, la police était alertée, selon les circonstances elle ouvrait plus ou moins vite une enquête. Dans les cas les plus inquiétants, la télévision, la presse diffusaient des portraits, des appels à témoins. En général, tout cela ne donnait rien. Du temps passait. Sans que la chose fût officielle, dans les faits, le dossier était finalement classé.

Il y avait eu quelqu'un. Il n'y avait plus personne. Et c'était tout. Personne n'en savait rien. On n'en parlait plus. L'énigme restait entière. À tout jamais.

Je l'écoutais. À mesure qu'il développait sa pensée, il lui donnait un tour de plus en plus dogmatique et professoral.

Son assurance commençait à m'exaspérer un peu. Je n'étais pas prêt à lui donner raison si facilement. Il exagérait, disais-je. Le plus souvent, il s'agissait d'une fugue. Dans le pire des cas : d'un accident ou d'un crime. Et puis, insistais-je, il arrivait que reviennent ceux qui avaient disparu. Alors, ce que l'on avait pris pour un mystère se dissipait tout bêtement. Les hommes, les femmes dont il parlait avaient simplement voulu tourner le dos à leur vie. Ils avaient entrepris d'en recommencer une autre ailleurs, sous une identité différente. Quand ils y parvenaient, on n'entendait plus parler d'eux. Quand ils échouaient et se trouvaient forcés de retourner à leur existence ancienne, et c'était malgré ce qu'il prétendait le plus souvent le cas, on réalisait qu'ils avaient fui pour des raisons fort banales. C'était tout. Il n'y avait d'énigme que dans sa tête à lui, répliquais-je. Par esprit de système, à des faits qui n'en valaient pas la peine, il donnait une signification et une importance dont ils étaient clairement dépourvus.

Je me trompais, objectait-il. Il avait étudié fort minutieusement la question, collectant les cas par centaines depuis des années, les soumettant à un examen scrupuleux. Il me montrait les épais dossiers qu'il avait constitués, les coupures de presse qu'ils contenaient, les livres consacrés à la question qui remplissaient tout un rayon de sa bibliothèque. D'abord, la plupart des disparus ne refaisaient jamais surface. Ensuite, quant à ceux dont on retrouvait la trace, ils présentaient presque tous des symptômes identiques et tout à fait passionnants. Bien sûr, la nécessité dans laquelle ils se voyaient de justifier leur conduite, de la faire pardonner par leurs proches, les amenait à débiter à peu près toujours les mêmes histoires stéréotypées : des difficultés d'argent, des conflits familiaux, une insatisfaction chronique, un irrépressible malaise, un drame personnel les avaient poussés, prétextaient-ils, à prendre la fuite. Ils avaient agi dans l'espoir un peu fou et malgré tout compréhensible de tout effacer et de recommencer sur une page vierge le roman de leur vie.

Mais, en réalité, quand on savait les entendre, continuait-il en produisant pour moi de nombreuses preuves prises dans son impressionnante documentation, leurs récits racontaient autre chose. Singulièrement : la même chose. Ils se révélaient absolument incapables d'expliquer vraiment pourquoi et comment, un beau jour, ils étaient partis. Plus étrangement, ils ne parvenaient pas à dire quoi que ce soit de l'existence parallèle que, le temps de leur absence, ils avaient menée. Il ne restait plus qu'un grand blanc dans leur tête. Et parce que ce blanc les terrifiait, ils s'inventaient toutes sortes de souvenirs faux qu'ils finissaient par prendre, à force, pour des vrais, devenant les dupes du mensonge qu'ils avaient fabriqué. Ils n'avaient pas vraiment oublié. Mais ce dont ils se souvenaient, ils ne disposaient pas des mots pour le dire. Au bout du compte, ils en arrivaient à oublier jusqu'au fait qu'ils avaient oublié.

Les « revenus » — il les appelait ainsi — se trouvaient tous dans le même état de confusion mentale. Tout ce qu'ils pouvaient dire : quelque chose les avait appelés, dont ils ne savaient rien, à quoi ils n'avaient pas pu résister, qui les avait conduits à tout quitter et les avait fait provisoirement pénétrer dans une sorte de dimension parallèle dont ils se révélaient tout à fait incapables de dire la nature, de fournir la description : un espace neutre, un temps absent. Nul ne pouvait dire ce qu'ils avaient vu, ce qu'ils avaient vécu, à quoi ressemblait le monde dans lequel ils avaient passagèrement pénétré ou ce qu'il était advenu de ceux qui en étaient restés prisonniers. De leur aventure, ils gardaient seulement un air égaré.

N'était-ce pas précisément celui que j'avais vu sur le visage de la plupart des habitants du quartier ?

17

Pendant plusieurs semaines, j'ai mené deux vies. En plus de toutes les autres dont je ne révèle rien. Je leur rendais visite à l'un et à l'autre, à elle et à lui, chaque nuit.

Bien sûr, l'une de ces deux vies comptait davantage que l'autre. Après ce que j'ai déjà raconté, il est inutile, je pense, de préciser laquelle. Je le fais quand même : elle occupait ma pensée. Mon existence tout entière s'était mise à tourner autour d'elle. Chacune de mes journées ne valait plus qu'en raison du moment où je la retrouvais.

Passé un certain âge — et cet âge vient vite —, on n'a plus trop foi dans les illusions dont l'adolescence s'enchante lorsqu'elle s'imagine que tout nouvel amour qui naît vous donne une âme neuve, un corps neuf, qu'il vous délivre d'un coup de tout ce qui fut vous : disponible pour un recommencement qui ne laisse rien subsister de ce qui a été. L'autre, on l'accepte avec tout ce que la vie lui a donné avant vous. Avec tout ce qu'elle lui a pris, aussi. Mieux : on l'aime en raison de ce qu'il a vécu, que l'on ignore, que l'on devine cependant.

Plus ou moins. À cette condition, on a l'impression de tenir entre ses bras une personne réelle et non un pur fantasme, une séduisante silhouette de fumée que le vent souffle et qui s'en va vite vers nulle part sans qu'on ait pu l'étreindre.

Je devrais certainement en dire davantage à son sujet. Mais, si curieux que cela puisse paraître, j'en suis incapable. On n'a jamais rien à dire de qui on aime. Je m'étonne moi-même d'en avoir si peu appris à son propos en dépit du temps que nous avons passé ensemble. Il est vrai que moi-même je ne lui racontais que très peu de choses de moi. Il était normal qu'elle fasse de même. Ce n'était pas dans le dessein de lui cacher quoi que ce soit. Mon passé, mon présent ne recélaient rien qu'il m'eût paru nécessaire — ou même : avantageux — de lui dissimuler. Elle devait se douter que j'avais eu une vie avant elle, que j'avais une vie sans elle. Et je savais bien qu'il en allait pareillement dans son cas.

Elle ne m'interrogeait pas. Je lui en étais reconnaissant. Du coup, je ne m'estimais pas en droit de la questionner non plus. Ou peut-être était-ce l'inverse : elle ne me demandait rien afin que je ne cherche pas à savoir quoi que ce soit d'elle. Le jeu est difficile à jouer : parler sans pour autant rien dire de soi. Si difficile qu'on ne parvient jamais à en respecter complètement les règles. Forcément, elle a fini par en apprendre un peu sur moi, sur ce que j'ai déjà dit de moi. Et fatalement, j'en ai su un peu plus sur elle.

Elle était mariée depuis longtemps. Autrefois, elle aussi, elle avait perdu un enfant. Elle m'en a fait l'aveu seulement lorsqu'elle a su qu'il en était allé de même pour moi. Mais elle ne m'a jamais raconté comment, dans son cas, la chose était arrivée. Pas plus que moi. Apparemment, elle ne souhaitait pas trop en parler. Et je n'en avais pas davantage envie. Qu'aurions-nous eu à en dire ? Cette expérience aurait dû créer entre nous les conditions d'une connivence, d'une complicité. Sans doute. Sauf qu'aucune communauté — même au sein d'un couple — n'existe jamais en raison du malheur dont, un jour, fût-ce ensemble, on a connu l'épreuve. La souffrance sépare. Cela, je l'avais assez appris de la vie. Et visiblement : elle aussi.

Peut-être cet événement avait-il été la cause pour laquelle elle avait plus ou moins abandonné la prestigieuse carrière artistique à laquelle elle aurait pu prétendre. Mais elle n'en laissait rien entendre. Les choses s'étaient passées ainsi et c'était tout. Naturellement, elle travaillait. Il faut bien. Elle m'a dit à quoi. Elle occupait quelque part un poste assez important et plutôt bien rémunéré. Mais son emploi comptait peu à ses yeux et il lui laissait assez de temps libre dont elle pouvait user à sa guise et dont, en vérité, elle ne faisait rien. Ou disons : pas grand-chose. Sans pour autant mener cette existence oisive et vaine à laquelle on imagine vouées les femmes qui sont sans famille et sans carrière. D'ailleurs qu'en sait-on ? « Une femme au foyer », disait-elle d'elle-même en dépit de ce qu'elle m'avait raconté de sa vie. C'était un peu par provocation. Ou bien : il fallait entendre l'expression avec ce qu'elle y mettait sans doute d'ironie. Car, et j'étais bien placé pour le savoir, elle ne pouvait guère passer pour une épouse irréprochable. Et, où que celui-ci se situât, elle ne semblait guère assidue à son foyer. Je ne parvenais pas à me la représenter avec un autre. Je ne cherchais pas à me faire une idée de l'existence qu'elle menait quand elle était loin de moi. Sans doute afin de mieux me convaincre que cette autre vie ne comptait pas vraiment. Ni pour moi, ni pour elle.

Elle ne se plaignait pas de sa condition. Chacun, pour peu qu'il vive, et si vide que sa vie paraisse aux autres, disait-elle, a le même monde sous les yeux. Et il est riche d'assez de merveilles et de mystères pour qu'on s'en satisfasse. À condition d'avoir été doté d'une nature contemplative. Il en allait ainsi pour elle. C'était une chance, disait-elle, que peu de gens mesuraient. Observer le temps qui passe lui suffisait, quitte à laisser filer son existence comme du sable entre ses doigts. Il fallait juste ne pas s'imaginer du temps qu'il conduisait quelque part, qu'il se trouvait pourvu d'un sens. Sans motif apparent, sans l'avoir voulu vraiment, on réalisait un jour que l'on avait fait comme un pas de côté. L'univers restait en place à l'intérieur duquel les autres s'agitaient mais soi-même on s'en tenait à l'écart : un pied dedans, un pied dehors. Il n'y avait rien à redire à une telle manière de vivre sa vie.

C'était également un peu la mienne, d'ailleurs. En l'écoutant parler d'elle, j'avais l'impression qu'aussi bien elle me parlait de moi. Nous nous ressemblions. Peut-être, après tout, était-ce pour avoir partagé la même expérience. Je veux parler bien sûr de l'enfant que nous avions perdu. Le même vide vivait dans nos vies. Nous nous tenions au bord d'un grand trou qui, tout à coup, s'était ouvert devant nous, à l'intérieur duquel tout l'univers sensé s'était soudainement abîmé, un vide que les autres ignoraient mais duquel, en ce qui nous concerne, nous n'avions jamais pu durablement détourner le regard. D'où cette sensation de vertige que j'ai déjà dite, postés aux abords de nulle part, exilés en marge du monde, en ce lieu sans nom où, j'aimais à le croire et même si je n'osais pas le lui confier, j'avais parfois la certitude que, sans le savoir, nous nous étions donné depuis toujours rendez-vous.

Elle avait la musique, disais-je. Mais elle prétendait ne pas y attacher trop d'importance. Il n'y avait pas de quoi en faire toute une histoire, déclarait-elle. Sans doute, elle y avait cru autrefois. Mais c'était il y avait si longtemps. Une autre qu'elle — qui, certainement, avait été elle — avait eu foi en tout cela. Mais elle lui apparaissait désormais comme une étrangère dont elle considérait les convictions de naguère avec pas mal de scepticisme. Ses anciens camarades du conservatoire, dont elle suivait de loin la carrière, lui faisaient un peu pitié avec leurs grands airs. Jamais l'idée ne lui serait venue de parler d'elle comme d'une artiste. La pose lui paraissait si prétentieuse. Et, pour tout dire, si puérile. Elle continuait à jouer. C'était tout. À sa manière. Qui ne ressemblait à rien. Une manie comme une autre. Dont, peut-être, elle aurait dû se défaire. La seule croyance qui lui restait un peu du temps où elle croyait encore à quelque chose. Elle n'interprétait pas la musique, expliquait-elle, elle l'évoquait. Comme on le fait des ombres, des fantômes. Sacrifiant sur son clavier à un petit rituel imbécile. Avec l'impression, cependant, qu'elle laissait monter jusqu'à elle quelque chose qui lui était indispensable, qui sans doute ne signifiait rien mais par quoi le monde se manifestait autour d'elle dans toute sa matérialité soudainement rendue sensible et sous une apparence aussi pure, aussi abstraite que celle d'un théorème irréfutable inscrit au tableau noir de la nuit.

J'ai parlé d'« amour ». Sans doute était-ce imprudent de ma part. C'est un bien grand mot dont nous ne nous servions jamais. Parce qu'il avait pour elle et pour moi un autre sens et qu'il nous paraissait plus honnête de le réserver à d'autres histoires que nous avions vécues, que nous vivions encore. Pourtant, je ne le retire pas. Je ne vois pas quel autre employer. Il faut que ce soit sous l'effet de l'amour qu'un homme et une femme se retrouvent dans un lit qu'ils n'ont autrement, si l'on y réfléchit avec la tête un peu froide, aucune raison de partager. Sinon, et je sais bien que cela arrive, tout est trop triste. Mais là, avec elle, malgré tout, c'était autre chose. « Autre chose » dont je n'aurais su rien dire. Mais dont j'étais certain. C'est curieux une vérité que l'on sait impossible à établir, à démontrer, pour laquelle on ne peut produire aucune preuve, de laquelle on ne peut pas témoigner et, en même temps, pour laquelle, étrange expression, on serait prêt à mettre sa main au feu. Une évidence dont, pourtant, on ne doit pas être aussi certain qu'on le dit puisqu'on éprouve toujours l'irrépressible besoin de venir la vérifier, et la vérifier encore. N'en croyant pas ses yeux, ses lèvres, sa langue. Ses doigts, sa peau, son sexe. Comme quand je m'allongeais sur elle, ouvrais ses cuisses, me glissais à l'intérieur d'elle. Jamais on ne se sent aussi vivant. À chaque fois, ce qui arrive, on ne le comprend pas tout à fait. Et c'est pourquoi l'on recommence aussitôt que l'on a terminé. Tant que cela dure. Et ce n'est jamais très longtemps. Avec toujours le même sentiment d'émerveillement incrédule. Remerciant un dieu auquel on ne croit pas pour le plaisir qu'il est parfois possible de prendre de la vie et que, sans raison, elle nous offre.

Je restais longtemps auprès d'elle pendant que la nuit tombait. Puis, remontant chez moi, je passais chez lui. Une chose m'inquiétait. Je ne parvenais pas à me défaire de l'idée qu'il devait exister un rapport entre ces deux moitiés nouvelles de mon existence. Mais je ne savais pas lequel. À elle, je ne parlais pas de lui. À lui, je ne disais rien d'elle. En un sens, c'était tout naturel. Rien ne me prouvait qu'il y eût jamais eu un lien entre eux deux : et encore moins, je voulais m'en convaincre désormais, la liaison à laquelle j'avais d'abord cru. J'avais pourtant le sentiment de leur mentir. Du moins : de leur cacher quelque chose d'essentiel. Que peut-être ils savaient. Et même : dont, sans doute, ils étaient mieux avertis que moi. J'étais persuadé qu'un mystérieux équilibre que je n'aurais pu rompre et qu'ils avaient voulu, de mèche l'un avec l'autre, s'était établi dans ma vie. Je la rejoignais. Et puis je le retrouvais.

Le discours qu'il me tenait, de soir en soir, à mesure que le sens s'en constituait dans ma tête, je n'y accordais pas trop d'importance. Je le tenais pour l'élucubration d'un esprit battant la campagne. Je l'ai dit : il ne portait pas à conséquence. En même temps, si doucement dérangé qu'il fût, cet homme n'était pas dépourvu d'intentions, certainement. Comme tout le monde, il cherchait quelque chose. Et je ne parvenais pas à deviner quoi. Il fallait bien qu'il eût un but. Mais lequel ? Je me le demandais. Si général que fût son propos, je n'arrivais pas à me défaire du sentiment que la vaste théorie dont il m'exposait les grandes lignes devait me concerner personnellement à un titre ou à un autre. Il me parlait de moi, de nous.

Il y a des moments dans l'existence — et ce sont, si l'on y réfléchit, les moments essentiels — où la réalité vous frappe précisément par l'air d'irréalité qu'elle prend. On reconnaît la vérité à son côté invraisemblable. Présentée ainsi, la proposition offre l'apparence d'un paradoxe. Mais l'expérience qu'elle exprime est on ne peut plus ordinaire. Chacun le comprendra. Les choses les plus incroyables, ce sont elles qui sont les plus vraies. Il n'y a pas lieu de dissimuler ou d'atténuer le tour effarant qu'elles ont revêtu. On devrait les dire telles quelles. Le sentiment de stupéfaction dont j'ai déjà parlé avait gagné en intensité. Si l'on peut dire. Puisque, au contraire, il mettait tout en sourdine. De plus en plus, je vivais ma vie comme en rêve. J'acceptais ce que le monde me donnait sans plus discriminer parmi les sensations qui me venaient de lui. Une grande fatigue m'accablait. Une fatigue si grande que, passé un certain seuil, elle me rendait léger, faussement lucide, éveillé comme jamais, incapable de trouver un sommeil durable et de profiter du répit qu'il aurait pu me procurer. Je regagnais mon lit à l'aube. Je dormais très peu. Les rêves revenaient, qui m'épuisaient. Je buvais trop — des doses d'alcool auxquelles depuis longtemps je n'étais plus habitué. Le long discours qu'il me tenait me saoulait plus encore que le whisky qu'il me servait. Mon cerveau y avait pris un tel goût qu'il exigeait sa ration nocturne de délire. Surtout, dans l'espèce d'ébriété érotique propre aux premières nuits que l'on partage avec une femme, toute mon énergie, physique et mentale, me donnait l'impression de se dissiper.

Je dis tout cela afin d'expliquer, et tout en sachant que je n'y parviendrai pas, l'état de quasi-stupeur dans lequel j'étais tombé. J'étais sous leur charme à tous les deux. Comme si deux génies — un bon et un mauvais — avaient régné sans partage sur moi. Le plus étrange : parfois, je me demandais lequel était le bon, lequel était le mauvais. Un plus grand vide s'était ouvert sous mes pieds. Je lévitais au-dessus de lui sans pouvoir jurer que je serais capable de résister à l'attraction qu'il exerçait désormais sur moi.

Peut-être avait-il raison au fond. Peut-être comptions-nous tous les trois au nombre de ceux qu'il appelait les « revenus » : rentrés d'un monde dont nous avions perdu tout souvenir mais qui nous avait marqués au front d'une lettre de feu que nous étions les seuls à ne pas pouvoir lire, faisant de nous des sortes de parias, impropres à vivre vraiment au sein du monde où nous semblions pourtant avoir repris notre place, des fantômes sur lesquels pesait une obscure et implacable malédiction, réunis pour l'éternité, condamnés à refaire de soir en soir les mêmes gestes, à répéter les mêmes discours, morts depuis bien longtemps et sans même en avoir conscience, prisonniers du cercle magique d'une maison hantée où nous tenions notre rôle dans une pièce qu'un autre avait écrite et dont nous ne savions rien.

18

Il a toujours prétendu que le mot d'« épidémie » était venu de moi. Je lui ai souvent répété qu'il n'en était rien. Sans doute me l'avait-il soufflé. Nous étions convenus d'en faire usage. Il désignait ainsi le phénomène dont nous avions parlé et par lequel, à l'insu de tous et pourtant sous les yeux de chacun, le monde s'effaçait à mesure et avalait dans un néant dont nul ne savait rien ceux qui y avaient vécu. Les disparitions dont il m'avait longuement entretenu ne constituaient que l'un des aspects d'un mal plus général qui affectait la planète, décimait ceux qui l'habitaient, faisait s'étendre comme un grand terrain vague hostile et impropre à l'existence : une hémorragie presque insoupçonnable et par laquelle la substance même de la réalité s'écoulait continuellement au sein d'une sorte de puits sans fond.

Il soutenait que toute sa théorie, il ne me l'avait exposée qu'en raison des confidences que je lui avais faites le premier soir. Ce que je lui avais révélé de mon passé, ce que je lui avais dit de mon existence, le regard que je portais sur les choses parmi lesquelles nous vivions l'avaient convaincu que j'avais vu de mes yeux ce précipice dont il parlait et au creux duquel s'abîme tout ce qui est. Il avait immédiatement compris, disait-il, que je comptais au nombre des rares personnes susceptibles de l'écouter, de le comprendre. Mieux : il manquait une pièce à son puzzle et je la lui avais fournie. J'étais, disait-il, la preuve vivante qu'il avait raison. Un peu partout, il existait des êtres que les circonstances de l'existence avaient placés tout au bord du vide dont il devisait avec tant d'aisance, qui l'avaient aperçu, qui parfois y avaient plongé et qui, sans même en avoir eu conscience ni en avoir conservé le souvenir, en étaient inexplicablement revenus.

J'étais, disait-il, l'un de ceux-là. Je n'avais eu aucun mérite, corrigeait-il. C'était l'effet du hasard, de ce que j'avais vécu et qui, bien que très ordinaire — il en convenait —, m'avait placé en un poste d'observation privilégié. J'avais d'autant moins de motif de m'en vanter que, sans lui — et je le retrouvais bien à ce nouvel argument —, j'aurais été tout à fait incapable de réaliser ce qui m'était arrivé. Avoir vu, ou avoir vécu, disait-il, n'était rien. En plus, il est nécessaire de savoir ce que l'on a vu, ce que l'on a vécu — et indispensable de l'avoir compris. D'ailleurs, quelle qu'elle fût, une expérience individuelle ne suffisait pas, par elle-même, à ouvrir à un homme, à une femme les portes de la dimension mystérieuse dont il parlait. Cela pouvait se produire pour n'importe qui. Encore fallait-il que le lieu et l'époque soient propices à une pareille révélation, que les conditions d'espace et de temps soient réunies afin que la vérité se manifeste enfin.

Savais-je bien ce qui m'avait conduit dans le quartier étrange où j'avais élu domicile ? À quel appel j'avais inconsciemment répondu lorsque je m'y étais installé ? De mon propre aveu, l'endroit où nous nous trouvions avait donné un tour nouveau à ma vie. Je n'étais pas le premier, loin de là, à en faire l'expérience. Le sort était semblable pour tous. Il disait : « sort ». Et j'entendais : « sortilège ». Comme si tous les habitants du quartier étaient pareillement devenus les victimes d'un même envoûtement. Il n'aurait pas exprimé la chose dans ces termes. Il m'en laissait la responsabilité. Mais en vérité, continuait-il, je n'étais pas loin de dire juste. Nous nous tenions en l'un de ces sites comme il en existe de nombreux sur la planète et qui sont semblables à des trappes donnant sur le vide. La proposition pouvait passer pour idiote, bien entendu. Rien ne paraissait plus banal que le bout de ville dont il entreprenait de me démontrer qu'il constituait comme une sorte de trou noir à l'intérieur duquel la réalité s'effondrait sous nos yeux. Pourtant, le passé y disparaissait. Je l'avais moi-même observé. En quelques mois, tout semblait s'être évanoui. Une réalité nouvelle avait remplacé l'ancienne dont presque plus aucune trace ne restait. Sinon, justement, l'immeuble que nous partagions et qui, subsistant seul parmi les chantiers et les constructions nouvelles, avait l'allure d'une espèce de vestige destiné à connaître prochainement le destin de toutes les choses qui l'avaient entouré.

Un moment, sur mes gardes, j'ai pensé qu'il évoquait tout simplement la manière dont la ville se vidait de ses anciens habitants, devenant proprement méconnaissable, et la façon dont elle se remplissait d'une population nouvelle, venue d'ailleurs, sortie de nulle part, amnésique et indifférente à la terre dont elle avait pris possession. Il en parlait parfois comme d'une colonisation barbare, une conquête brutale accomplie sans aucune violence apparente mais qui s'exerçait avec une évidente sauvagerie de sorte que plus rien ne demeurait de ce qui avait autrefois existé. Usurpant la place de ceux qui avaient disparu, les nouveaux venus apportaient avec eux leurs langues, leurs mœurs, leurs rites, leurs cultes, leurs religions. Ils profitaient sans scrupule du grand désert que laisse après elle une civilisation trop vieille — quand elle ne dispose plus des ressources nécessaires pour se défendre contre les formes nouvelles de vie qui s'insinuent en elle, se développent, prolifèrent au point de l'asphyxier afin de mieux se substituer enfin à elle. Un grand remplacement était en cours, affirmait-il, qui mettait un monde à la place d'un autre. Un matin, nous nous réveillerions, nous ouvririons les yeux sur un univers sans plus rien de commun avec celui que nous avions connu, que régiraient d'autres lois, sur lequel nous n'aurions plus de droits, dont nous serions chassés.

Même emporté comme il l'était par son éloquence, il prenait soin de ne pas préciser sa pensée et de ne pas exprimer trop ouvertement une opinion dont il devait bien sentir que je ne la partageais pas. Par moments, j'avais l'impression qu'il nommait « épidémie » ce que d'autres appellent plus banalement « décadence » ou « déclin », stigmatisant le sort d'une société en train de disparaître. Je ne dis pas qu'il n'avait pas un peu une telle idée en tête. Et il m'arrivait de me demander si toute sa prophétie ne se ramenait pas à l'exaspération que, visiblement, le présent lui causait et dont témoignait le dégoût qu'il éprouvait pour le monde nouveau qui nous entourait et dans lequel il ne se reconnaissait pas. Derrière les grands airs qu'il prenait, il tenait le discours très banal de tous les illuminés qui vitupèrent leur époque et déplorent les changements qu'elle connaît.

Mais, pour être honnête, j'aurais eu tort de lui prêter des idées qui n'étaient pas les siennes. Il n'y avait rien de bêtement réactionnaire dans son propos. Il n'en appelait à aucun redressement collectif. Il ne croyait nullement qu'il y eût lieu d'établir de nouvelles valeurs. Et encore moins : qu'il y eût moyen de restaurer le cours ancien des choses. La politique n'était pas son domaine. Elle ne constituait, disait-il, qu'un épiphénomène. Il voyait plus grand. Selon lui, la seule perspective juste était métaphysique. Il ne fallait pas confondre, insistait-il, les effets et les causes. Les mutations que nous avions sous les yeux — et auxquelles les politiciens, les historiens, les géographes, les démographes, les sociologues, les urbanistes et autres idéologues pouvaient sans mal trouver toutes les superficielles explications qu'ils souhaitaient — n'étaient jamais que les conséquences d'un processus bien plus ample dont la logique, les fondements, les ressorts, les implications n'étaient susceptibles d'apparaître que depuis le point de vue plus haut, plus large qu'il se proposait pour sa part d'adopter et que sa validité rendait propre à expliquer tous les phénomènes.

Naturellement, il l'admettait, il n'avait pas encore trouvé la réponse à toutes les questions. Ainsi, il ne pouvait dire pourquoi le coin plutôt déshérité et indifférent que nous habitions était indubitablement doté de la propriété dont il parlait.

Mais c'était un fait qui, si on l'examinait avec le recul nécessaire, ne supportait guère la contestation. Si loin qu'on remonte vers hier, ainsi que le lui avaient prouvé les études qu'il avait menées, la terre où nous nous trouvions avait été le théâtre de drames inexpliqués et sanglants. Il m'en donnait des exemples pris parfois dans un passé fort lointain ou bien tirés, au contraire, de l'actualité la plus récente. Car tout cela se poursuivait. Même si, il devait le reconnaître, la civilisation sous laquelle nous vivions forçait désormais à un peu plus de discrétion. Ou bien : d'hypocrisie.

Quelque part, sous nos pieds, devait se situer enfoui comme une sorte d'aimant noir exerçant à l'entour son attraction néfaste. Un champ magnétique. Invisible, comme il se doit. Mais n'en produisant pas moins des effets très observables. Il appelait à lui le monde, agissant avec d'autant plus de force sur les êtres, les éléments qui tenaient le moins solidement à ses structures. Je pouvais, affirmait-il, d'autant moins le contredire que j'étais parvenu moi-même aux mêmes conclusions. Je lui avais dit à quel point le quartier où nous logions m'apparaissait comparable à un entonnoir le long des parois duquel la réalité ruisselait, dégoulinant vers le fond, comme si la gravité aspirait progressivement toutes les choses, tous les individus qui passaient à sa portée.

Le phénomène, continuait-il, restait dormant pendant des décennies, parfois des siècles. Il ne disparaissait pas mais prenait des apparences moindres que la conscience des contemporains pouvait ignorer à peu près à sa guise. Les générations passaient. Les parents taisaient aux enfants ce qu'ils avaient su. Les hommes oubliaient. Comme ils oublient les séismes qui ont terrassé autrefois la terre où ils vivent, les raz-de-marée qui l'ont recouverte. Ce qui les rend incrédules lorsque le sol se soulève à nouveau, que la vague déferle. Ils ne veulent pas comprendre que le temps dans lequel ils vivent ne se mesure pas à la même horloge que celle qui vaut pour l'univers. Une éternité équivaut dans ces conditions à un simple battement de cils. C'était hier et c'est déjà demain. Le cycle s'accomplit et il recommence. Sans fin. Mais son amplitude est telle que personne n'en conserve la mémoire ni ne peut prédire le moment où il reviendra.

Là non plus, il ne prétendait pas pouvoir dire pourquoi. Mais le temps, disait-il, était venu de nouvelles catastrophes rappelant au monde le néant sur lequel il repose. Concernant le quartier où nous vivions, il laissait entendre que les travaux qui avaient été effectués, mettant à nu la terre, avaient rendu à nouveau actif l'aimant noir dont il parlait et qui y était caché. Le trou s'était rouvert. Tout dégringolait vers lui. Ailleurs, sur la planète, le même phénomène avait lieu en ce moment même. Sans doute toutes ces « trappes » — pour reprendre l'image, certes impropre, qu'il avait employée — communiquaient-elles les unes avec les autres. En général, il s'agissait de portes minuscules battant petitement sur le vide et susceptibles seulement d'avaler une portion insignifiante de la réalité. On en remarquait à peine l'existence. Mais il arrivait qu'elles s'ouvrent toutes à la fois comme sous l'effet d'un mouvement de fond, d'un grand courant d'air. Alors, le néant sur lequel elles donnaient happait l'univers par pans entiers, le laissant tout à fait dévasté. Nous étions, affirmait-il, à la veille d'un tel désastre.

J'avais perdu le goût de l'interrompre. D'ailleurs, il ne m'en laissait plus trop l'occasion. Sa propre parole l'exaltait. Il y avait de quoi. Il annonçait l'apocalypse. L'imminent retour d'une catastrophe comme le monde en avait souvent connu. Et qui lui rappellerait la terrible vérité à laquelle l'humanité est soumise et qu'il ne lui sert à rien d'avoir oubliée. L'idée qu'il avait en tête et qu'il développait tenait en quelques mots. Mais, en la résumant brutalement et telle que j'ai fini par la comprendre au bout de nombreuses heures passées à l'écouter, j'ai bien conscience d'en souligner le caractère proprement délirant qui ne m'est apparu que petit à petit. Car toute son adresse consistait à agencer des faits, des hypothèses qui, pris séparément, avaient un air de quasi-évidence les rendant totalement raisonnables et recevables quand c'est leur conjonction qui frappait enfin l'esprit à la façon de l'élucubration pure d'un cerveau dérangé. Il était convaincu que le monde dans lequel nous vivions reposait sur un grand vide dont nous ne savions rien, dont nous ne voulions rien savoir, que nous ne voyions pas, que nous nous refusions à voir lorsqu'il se manifestait sous nos yeux.

Si j'y réfléchissais, suggérait-il, je n'étais certainement pas sans l'avoir remarqué. Tout disparaissait. D'ailleurs tout ce que la sublime imagination des hommes avait produit depuis toujours en guise de croyances, religieuses ou scientifiques, philosophiques ou artistiques, n'avait pas d'autre raison d'être, au fond. Il s'agissait de rendre compte de l'inexplicable mouvement par lequel le monde verse sans fin dans le vide tout en dissimulant au mieux cette insupportable vérité aux yeux des vivants. L'erreur ou bien le mensonge consistait à prétendre qu'un autre univers se tenait derrière celui où nous nous trouvions, plus vrai, une réalité supérieure qu'il appartenait aux prêtres, aux savants, aux penseurs, aux poètes de nous faire apercevoir, comprendre, nous montrant le chemin mystérieux et promis qui menait jusqu'à elle. Afin que tout soit enfin rédimé. Alors que tout était à la fois plus terrible et plus simple. Il n'y avait rien, rien d'autre qu'un néant dont ni notre intelligence ni notre sensibilité n'étaient susceptibles de prendre la mesure, à la surface fragile duquel s'étendait l'apparente et transitoire réalité de ce que nous nommions le monde et dont les morceaux s'effondraient les uns après les autres dans un grand rien dont ne pouvions nous faire aucune idée.

Du moins, c'est ce que j'ai compris — ou cru comprendre — de ce qu'il me débitait. Mais je ne savais pas trop qu'en penser. Toutes sortes d'objections me venaient naturellement à l'esprit. La position qu'il prenait, pour autant que je puisse en juger d'après ce qui me restait de mes lectures d'autrefois, était vieille comme le monde. La philosophie, depuis les origines, en avait sans fin débattu. Elle avait été mille fois démontrée. Et mille fois réfutée. Match nul. En un sens, il avait raison. Sans aucun doute possible. Que tout soit voué à disparaître, que le monde n'existe que par exception au sein d'un univers où le néant est la règle, l'évidence en était difficilement discutable que vérifiait l'expérience. Le monologue qu'il m'avait infligé, me faisant miroiter la perspective d'une révélation sidérante, différant interminablement le moment de conclure, aboutissait à la proposition la plus banale qui soit.

La montagne, pensais-je, accouchait d'une souris.

Forcément, j'étais un peu déçu. N'ayant à m'en prendre qu'à moi-même. À quoi m'étais-je attendu ? En même temps, pourquoi la vérité aurait-elle eu un tour étrange, compliqué, accessible seulement au terme d'un raisonnement sophistiqué ? Pourquoi lui aurait-il fallu s'exprimer dans le sabir d'un discours savant ? L'idée inverse se défendait aussi bien. Même : je la trouvais plus convaincante. La vérité se devait d'être toute simple, toute bête, comme on dit. « Toute crue », selon les mots, je m'en souvenais, qu'il avait employés le premier soir. Sa simplicité même constituait la meilleure preuve qu'elle pouvait produire en sa faveur et, parce que la vérité crevait les yeux, nul ne la voyait jamais. Quand elle se manifestait, on la reconnaissait à sa bêtise. Si ce critère était le bon, certainement il disait vrai.

Le rien, tel était, disait-il, le dernier mot du monde. En pointant solennellement un doigt vers le ciel comme le font les professeurs et les prophètes, il a déclamé : « *Est enim magnum chaos.* » C'était du latin, a-t-il indiqué. Merci, je le savais. Obligeamment et comme s'il s'adressait à un élève un peu ignare, il a traduit : « En vérité, il est un grand vide. » Un peu vexé, j'ai voulu corriger : « Plutôt : "un grand chaos". » Non, a-t-il précisé sur un ton magistral et qui ne tolérait pas de réplique : c'était bien « vide » qu'il voulait dire.

CINQUIÈME PARTIE

19

Tout cela a duré une vague dizaine de jours — même si la stupeur dans laquelle je me trouvais plongé et dont j'ai parlé leur donnait une allure d'éternité. Pas beaucoup plus. Le temps que se termine l'été.

La suite, il me faut maintenant la raconter. Même si je sais bien qu'elle paraîtra tout à fait invraisemblable. Plus encore que tout ce qui l'a précédée. Moi-même, j'ai du mal à y accorder foi. Sur le coup, elle m'a laissé incrédule. Et maintenant, elle me fait douter de ma mémoire. Si je repasse dans ma tête le scénario des événements, j'ai l'impression qu'il a fait l'objet d'un montage maladroit. On a mis bout à bout et dans le désordre des séquences empruntées à des films différents. Cela se voit à l'endroit du collage. D'où les incohérences que moi-même je constate. Et je conçois bien qu'il sera très difficile du coup à quiconque de prendre pour argent comptant l'histoire que je relate. Personne, d'ailleurs, n'est mieux placé que moi pour protester, pour réclamer qu'on lui rembourse l'argent de son billet.

Quelque chose arrive. Et l'intrigue prend un tour que nul n'aurait pu prévoir. Mais il en va souvent ainsi dans l'existence. Un incident, un accident, un deuil, un drame. Le temps se casse en deux. Il n'y a plus moyen de recoller les morceaux. Tout bifurque ou bien dérape. Sur le côté de la route que l'on suivait, un chemin de traverse s'ouvre que l'on n'avait pas aperçu et qui, dès lors qu'on s'y trouve malgré soi engagé, découvre un paysage que l'on ne soupçonnait pas. C'est comme une autre histoire qui commence, dont l'on n'aurait pas voulu. Mais à laquelle on ne peut rien. Et surtout pas revenir en arrière. Il faut aller jusqu'au bout.

Un matin, j'ai aperçu du monde dans la cour : deux personnes à l'allure ordinaire, une femme en jean et en blouson de cuir, un homme en survêtement, très jeunes. Ils se tenaient, affairés, devant la porte de son logis, grande ouverte, en travers et sur l'encadrement de laquelle ils avaient disposé un ruban adhésif jaune qui en barrait symboliquement l'entrée et dont ils s'étaient aussi servis pour tracer une sorte de large cercle à même le sol autour d'eux. Tout un matériel — à demi sorti de volumineuses mallettes — avait été méthodiquement déployé à portée de leurs mains et encombrait le passage, attendant qu'ils en fassent usage. On a du mal à reconnaître la réalité quand elle ressemble si mal à l'image que la fiction nous en donne et à laquelle elle nous a habitués. Pour avoir vu trop de séries américaines, je me faisais une autre idée de ce que l'on nomme la « police scientifique » dont les agents que la télévision montre sont beaux comme les acteurs qui les interprètent et portent toujours, selon leur sexe, d'impeccables tailleurs ou d'élégants costumes. L'homme et la femme que je voyais étaient très différents. Même le plus réaliste des feuilletons n'aurait pas voulu d'eux, les jugeant trop peu crédibles pour le rôle qu'ils auraient eu à jouer.

Quand je me suis approché d'eux, ils m'ont salué avec la plus parfaite courtoisie, une politesse affectée, comme s'ils récitaient les phrases toutes faites tirées d'un manuel et qu'on leur aurait enseignées à l'école de la police — dont, à en juger par leur âge, ils ne devaient pas être sortis depuis très longtemps. Ils ont décliné leur titre, leur identité, m'ont mis sous les yeux leur carte officielle. Je me suis présenté à mon tour, leur ai expliqué que j'étais un voisin, leur demandant ce qui se passait. Hypocritement et dans l'espoir d'apprendre ce qui était arrivé, je leur ai dit que j'étais prêt à me mettre à leur disposition dans l'hypothèse où j'aurais pu être utile, prétendais-je, à l'enquête qu'ils menaient. Mais, visiblement, leurs consignes excluaient d'en dire trop aux inconnus sur l'affaire qui les occupait. Au bout de quelques minutes de conversation, j'ai juste su que l'on avait signalé la disparition de la jeune femme occupant les lieux, qu'ils avaient été chargés d'investir son domicile afin de réunir d'éventuels indices. Ils ont simplement ajouté que des collègues à eux, si cela était nécessaire, viendraient prochainement recueillir les témoignages des habitants de l'immeuble. Si j'avais des éléments dont je pensais utile de leur faire part, ils prendraient ma déposition. Cela mettait un terme à toute discussion. Et ils sont retournés au travail qu'ils venaient de commencer. Je n'ai pas osé insister.

Des pensées confuses et contradictoires passaient dans ma tête. J'allais dire qu'elles s'y entrechoquaient. Mais cela donnerait une idée inexacte de l'état dans lequel je me trouvais. Disons plutôt qu'elles se neutralisaient. Aucune ne parvenait à se former vraiment dans mon cerveau. Mon esprit était vide. Un grand calme un peu imbécile s'était installé en moi. Je ne savais plus du tout quoi penser. Et moins encore : quoi faire et quoi dire. Je suis remonté chez moi. Immédiatement, j'ai eu le sentiment que j'avais eu tort d'agir ainsi. Certainement par lâcheté, par souci d'éviter les ennuis. Ou bien : en raison de cette vague mais irrépressible culpabilité que, fût-ce sans aucun motif sérieux, chacun ressent dès lors qu'il se retrouve devant des représentants accrédités des autorités. Et puis, si la police avait été alertée, cela signifiait que, d'une manière ou d'une autre et quoi qu'il se fût passé, elle était en danger. Ou du moins : qu'elle avait eu un problème. J'ai eu peur pour elle. Égoïstement : j'ai eu peur de l'avoir perdue. Sans trop savoir de quoi, j'ai eu peur pour moi aussi. D'autant plus que je ne parvenais aucunement à me représenter ce qui avait bien pu lui arriver. Si cela m'était possible, je devais lui venir en aide. C'est ainsi, me disais-je, que l'on se conduit dans de semblables circonstances.

Tout raconter. Dire aux deux enquêteurs dans la cour que, depuis quelques jours, j'étais son amant, que j'avais passé la nuit dernière — comme toutes les précédentes — avec elle, que ce seraient mes traces qu'ils trouveraient un peu partout dans l'appartement, dans le lit, auprès des siennes. Il me fallait leur révéler sans tarder tout ce que je savais. Sauf que, je le réalisais, je ne savais rien. En tout cas : rien de ce qui aurait pu leur être utile. Je n'aurais même pas pu dire quel était son nom de famille ou donner le numéro de son téléphone portable. J'ignorais tout de sa vie sinon ce qu'elle m'en avait dit et qui se ramenait à peu de choses. Rien de concret. Quelques confidences dont aucune n'aurait pu servir à une quelconque investigation du type de celle dont ils étaient chargés. À part, bien sûr, le fait que j'étais donc son amant, que je l'avais vue pour la dernière fois la veille, que je l'avais quittée vers minuit, que pour le reste de la nuit j'avais un irréfutable alibi qu'ils pourraient vérifier sans peine puisque je l'avais passée chez mon voisin de palier à discuter avec lui jusqu'à l'aube.

Mais toutes ces informations, je le comprenais bien, n'auraient eu de valeur que si j'avais été mêlé d'une manière ou d'une autre à l'affaire pour laquelle ils cherchaient une piste. Et j'étais bien placé pour savoir que ce n'était pas le cas. Le seul fait de leur raconter quoi que ce soit reviendrait à admettre que, à mes propres yeux, je n'étais pas tout à fait étranger à la disparition sur laquelle ils enquêtaient : à endosser volontairement le rôle de témoin voire celui de suspect pour lesquels, autrement, puisque personne ne se trouvait au courant de rien, ils n'auraient jamais pensé à moi.

Je les avais employés sans y faire attention. Mais j'ai été soudainement frappé par les mots d'« affaire », d'« alibi » et surtout par celui d'« amant » qui m'étaient venus spontanément. Étais-je l'« amant » ? Avais-je un « aveu » à faire dans une « affaire » où il me faudrait produire un « alibi » ? Ces mots n'étaient pas à moi. Ils n'avaient rien à voir avec ce que j'avais vécu. J'en avais eu souvent l'impression dans le passé : lorsque la réalité se manifeste, le plus souvent elle prend l'apparence de la fiction. Étrangement. C'est pourquoi, si absurde que cela paraisse, on mesure la vérité à l'aune de sa ressemblance avec le mensonge.

On se réveille soudain au milieu d'un très mauvais roman. Et l'on découvre, assez embarrassé, que l'on en est devenu un personnage. Je dis : un personnage. Pas un héros. Le plus souvent : un simple comparse. Ou bien : un second rôle. Un vague figurant qui passe dans le décor et dont, pour progresser, l'intrigue pourrait facilement se dispenser. Il n'est là que pour mettre un peu de couleur dans un coin du tableau. C'est la seule raison pour laquelle il peut espérer de sa scène qu'on ne la coupera pas au montage. Et même lorsque, comme c'était le cas, il peut prétendre à davantage d'importance dans l'histoire racontée, le rôle qu'il joue n'en reste pas moins l'œuvre d'un autre, conforme aux conventions que le scénariste a suivies et qui décident de sa psychologie, de son comportement, de ses faits et gestes, du sort qui sera le sien. Sa place dans la distribution, quelqu'un l'a fixée pour lui. J'étais l'« amant », certainement. Ce qui me donnait un « mobile ». Cela faisait un mot de plus. Ou bien : était susceptible d'expliquer le mobile d'un autre. À supposer qu'il s'agisse d'un crime passionnel. Mais personne n'avait parlé de « crime ». Ce mot-là, nul ne l'avait encore employé. Sinon moi.

Je n'étais pas un lecteur de romans policiers. Je n'en avais jamais eu le goût. Je constatais avec étonnement qu'il était désormais partagé à peu près par tous. Les gens, semblait-il, ne lisaient plus rien d'autre. Des hommes, des femmes tournaient machinalement les pages des mêmes livres, s'enthousiasmaient pour les mêmes auteurs, passaient hypnotiquement d'un ouvrage au suivant, retombant parfois sur les mêmes récits, oubliant qu'ils les avaient lus autrefois et réalisant un jour que le volume dont ils venaient juste de faire l'acquisition figurait déjà en deux exemplaires dans leur bibliothèque. Ils lisaient avec l'avidité des tout-petits qui ne se lassent jamais qu'on leur raconte la même histoire dès lors qu'ils l'aiment. Et c'était bien, pour autant que je puisse en juger d'après ce qu'ils me disaient, toujours la même histoire. Selon moi : toute cousue de fil blanc. Dont les inévitables variantes ne changeaient rien d'essentiel à l'intrigue qu'elle contait : des crimes, des disparitions, des femmes ou des enfants enlevés, devenus la proie de terribles tueurs en série, de mystérieuses sectes meurtrières. Dans la vraie vie, tout le monde en convenait, de pareilles choses n'arrivaient jamais. C'est pourquoi je m'expliquais si mal qu'on loue le plus souvent de semblables livres pour le réalisme qu'on leur attribuait. De toute évidence, ils relevaient plutôt de la féerie : une féerie noire dont on pouvait jouir sans doute — c'était affaire de goût — mais à laquelle je comprenais mal qu'on puisse accorder quelque forme de créance que ce soit.

Et puis un jour — et ce jour visiblement était venu pour moi —, sans avoir prévenu, la fiction rattrapait la réalité. Elle prenait sa place. On ne pouvait faire autrement que de s'y résoudre. Le mauvais romanesque — auquel on ne croyait pas — infestait le monde, le contaminait. C'était sans remède. Comme le dit un vieux film : « À force d'écrire des histoires horribles, elles finissent par arriver. » Trop d'horribles histoires avaient été écrites et fatalement l'une ou l'autre se matérialisait comme par magie. Mais il n'y avait là nulle magie. Il s'agissait plutôt de l'effet très mécanique d'une loi par laquelle se trouvait assurée la perpétuelle conversion du vrai en faux et du faux en vrai. L'imagination mauvaise des hommes accaparait l'univers. Elle lui imposait sa forme. Elle lui dictait sa loi. Les livres laissaient sortir d'eux-mêmes tous les monstres qui mûrissaient depuis longtemps dans leur sein. Ils accouchaient atrocement. La fiction prenait sa revanche sur la réalité. Elle émergeait des limbes où l'on avait cru pouvoir la confiner. Il ne servait à rien de protester, de faire l'esprit fort. La seule solution consistait à accepter la place qui vous avait été assignée à l'intérieur de l'intrigue afin d'espérer l'infléchir dans un sens souhaitable : jouer au mieux son rôle — à supposer qu'on le connaisse, bien sûr.

Je n'avais jamais été confronté à une pareille situation. Elle me laissait complètement désemparé. Je manquais de tous les moyens qui m'auraient permis de lui donner un sens et de décider de l'attitude que je devais adopter. Les seuls modèles dont je disposais me venaient de livres auxquels je ne croyais pas mais qui, pourtant, constituaient le seul secours sur lequel je pouvais compter. Tout en ayant clairement conscience de l'idiotie et de l'absurdité de la chose, je me suis sérieusement demandé comment agirait à ma place un personnage de roman policier. Sans doute mènerait-il sa propre enquête. Cela supposait de résoudre une sorte de rébus, de charade, d'énigme, de reconstituer un puzzle patient. Mais la quasi-totalité des pièces me manquait. Et surtout, je doutais de disposer des talents indispensables pour mener à bien une telle tâche. Je n'avais pas la moindre idée de la manière dont je devais m'y prendre. Et j'ignorais complètement par où, ou par quoi commencer.

20

Je me sentais tellement démuni que j'ai voulu trouver de l'aide autour de moi. Mais aller à la police me paraissait exclu. D'abord : elle ne semblait pas très désireuse ni trop pressée d'entendre ce que j'avais à lui dire. Surtout : je n'avais rien à lui dire. Plutôt : le peu que j'aurais pu lui confier n'aurait fait que l'engager sur une mauvaise piste. Et accessoirement : cela m'aurait désigné comme un suspect possible à ses yeux.

Je ne savais rien finalement de l'objet de son enquête. Ce qui me privait des moyens de la mener pour mon propre compte, ne comprenant pas même sur quoi précisément elle portait. Les deux agents avaient juste dit : « disparue ». Rien de plus. Ils n'avaient pas précisé depuis combien de temps. Il paraissait peu vraisemblable que ce fût depuis la veille. Quelqu'un avait dû signaler une absence plus longue. Et il avait fallu qu'elle parût assez inquiétante pour causer le petit branle-bas policier auquel je venais d'assister.

Une première idée a traversé mon esprit. Elle m'a semblé la seule raisonnable. Ce devait être son mari qui avait déclenché l'alerte. Elle était partie de chez elle, avait abandonné son travail, n'avait donné de nouvelles à personne. Elle avait trouvé refuge dans le studio qui lui appartenait — et dont son époux ignorait peut-être l'existence. S'il en allait ainsi, sa disparition supposée remontait sans doute au jour où je l'avais rencontrée. Une quinzaine avait été nécessaire à la police pour se décider à agir. Découvrir qu'elle possédait une seconde adresse n'avait pas dû être trop compliqué. Lorsque la chose avait été établie, les agents que j'avais rencontrés — c'était ce matin — s'étaient rendus sur place pour commencer leurs investigations.

Si tout s'était passé ainsi que je me le représentais, finalement, il n'y avait pas de raisons de s'alarmer. Peut-être elle-même ne se doutait-elle pas des recherches dont elle faisait l'objet. Sans prendre la peine de l'en informer, elle avait simplement décidé de quitter l'homme avec lequel elle vivait. « Pour moi », pensais-je nécessairement — avec un peu de fatuité. Et je ne savais pas trop si cela me plaisait ou bien me déplaisait. Les deux, en vérité. Cependant, cela me rassurait. Au moins sur son sort. Inconsciente de l'inquiétude que son départ — « sa fugue », préférais-je penser — avait provoquée, comme tous les soirs qui avaient précédé, elle se présenterait à sa porte, pensant me retrouver comme nous en avions pris l'habitude, étonnée seulement de voir les scellés qui avaient été posés sur l'entrée. Je lui expliquerais ce qui s'était passé : que la police était à sa recherche, que son appartement avait été fouillé de fond en comble, que son signalement était sur le point d'être diffusé partout. Il faudrait au plus vite avertir les autorités que tout cela n'était que l'effet d'une sorte de regrettable malentendu. Cela aurait l'air d'une mauvaise plaisanterie, certainement. Ou bien : d'une grosse bêtise comme en font les enfants. Mais dont on rit une fois que l'on est certain que le péril est passé et que l'on réalise que l'on s'est fait du souci pour rien.

J'ai occupé le reste de la journée à la guetter depuis ma fenêtre. J'étais presque parvenu à me convaincre que le scénario que j'avais élaboré était le plus vraisemblable. Le seul vraisemblable. Et donc : qu'il correspondait nécessairement à la réalité. Mais l'heure a passé où d'ordinaire j'entendais le piano qui commençait à jouer. La nuit est tombée. J'ai dû me résoudre à l'idée qu'elle ne viendrait pas. Cela signifiait — même si j'avais encore du mal à l'admettre — qu'elle avait véritablement disparu. Sans doute. Les deux enquêteurs étaient partis depuis longtemps. L'immeuble paraissait tout à fait vide. Si je devais finalement me rendre à la police, plutôt que d'aller immédiatement faire ma déposition au commissariat du quartier où me recevrait un inspecteur de permanence, probablement ignorant de l'affaire, le plus raisonnable consistait à attendre le lendemain.

Mais demain était encore loin. Porter seul le poids de l'angoisse que je sentais grossir sur mes épaules me semblait au-dessus de mes forces. Mon esprit s'était mis à fonctionner tout seul. Mais il lui manquait la matière nécessaire pour fabriquer les explications que je lui demandais. J'envisageais les unes après les autres toutes les hypothèses. Autant que son mari peut-être était-ce moi, au fond, qu'elle avait voulu fuir. Afin de se retrouver seule. Ou bien de recommencer sa vie ailleurs et avec un autre. M'ayant quitté sans même un mot d'adieu ou bien d'explication. Résolue à continuer loin de moi l'existence si singulière qu'elle avait toujours menée et à l'intérieur de laquelle, finalement, je n'aurais fait que passer. Malgré la déception qu'elle me causait, le mal qu'elle m'infligeait, je souhaitais que cette solution fût la bonne. Car, bien sûr, j'imaginais aussi le pire : qu'il lui était vraiment arrivé quelque chose. Sans trop savoir quoi. Elle me manquait déjà. Même si je ne voulais pas l'admettre, j'avais la certitude de l'avoir perdue pour de bon. Et d'avoir, une fois de plus, tout perdu avec elle.

J'ai eu l'idée d'aller voir mon voisin. C'était à peu près le moment où, en général, je lui rendais visite. Je ne voulais plus rien entendre de ses fumeuses théories. J'avais envie de lui raconter ce qui s'était passé. Non pas dans l'espoir qu'il puisse me l'expliquer. Juste pour me décharger sur lui du fardeau qui m'oppressait. J'ai sonné chez lui. Mais personne n'a ouvert. Je me suis mis à tambouriner sur sa porte. J'étais en colère contre lui. Comme s'il portait sa part de responsabilité dans ce qui m'arrivait. J'avais eu à supporter son discours délirant pendant des heures et des heures. Et lorsque mon tour venait de parler, il me faisait défaut. Je suis repassé chez moi pour vérifier depuis mes fenêtres si la lumière était allumée dans son appartement. Tout y était obscur pour la première fois. Mais peut-être était-il encore un peu tôt, vu ses habitudes très nocturnes.

Je me suis installé au milieu de mon salon. Du fauteuil, en tendant un peu le cou à droite et puis à gauche, je pouvais alternativement apercevoir, à travers les deux fenêtres, d'un côté la cour où se trouvait son studio à elle, de l'autre son appartement à lui qui, comme le mien, surplombait le jardin. Je les surveillais en espérant un signe de vie qui ne venait pas. Pour tenter de calmer mon anxiété, j'ai bu encore plus que de coutume. Je crois bien que j'ai fini la bouteille de whisky que j'avais sous la main et que je venais juste d'ouvrir. À un moment, j'ai dû m'écrouler. Des rêves mauvais me visitaient mais aucun ne parvenait à me tirer longtemps d'un sommeil dans lequel l'ivresse et puis l'épuisement nerveux me replongeaient aussitôt. Je ne me suis tout à fait réveillé que lorsque le jour s'est levé.

Je me voyais mal passer dans une pareille attente toute la longue journée qui s'annonçait et au terme de laquelle, je voulais le croire, elle reviendrait. Je m'attachais un peu désespérément à l'idée que tout rentrerait forcément dans l'ordre. J'ai décidé de partir plus tôt que d'habitude pour mon travail. Je n'y avais pas été très assidu ces derniers temps. Encore moins que d'ordinaire. C'était tout dire. Ma tête était ailleurs. J'avais un rapport à rendre que je laissais traîner depuis des semaines. Plusieurs rendez-vous avaient été pris que je pouvais difficilement remettre davantage. Toute cette besogne fastidieuse, je l'espérais, me distrairait un peu. L'idée m'a traversé l'esprit que je risquais cependant d'être absent lorsque les enquêteurs frapperaient à toutes les portes de l'immeuble afin d'y collecter les éventuels témoignages des habitants. À condition de trouver quelqu'un pour répondre à leurs questions. Et à supposer qu'ils passent ce jour-là. Mais peut-être était-ce précisément pour cette raison que je préférais partir et me tenir éloigné. Soucieux, sans me l'avouer vraiment, de différer encore le moment où, fatalement, il me faudrait parler à la police. Ou même : escomptant m'en dispenser si, comme je voulais le croire, les choses s'arrangeaient d'elles-mêmes.

J'avais un peu présumé de ma capacité à détourner le cours de ma pensée. Tout en exécutant ma tâche, en discutant avec mes interlocuteurs de projets qui m'indifféraient, je continuais à tourner et à retourner toute l'histoire dans ma tête. Et si elle avait vraiment disparu ? Comme cet enfant dont les portraits avaient été affichés quelques jours auparavant sur les murs du quartier. Les recherches semblaient n'avoir rien donné. Déjà, on ne parlait plus trop de lui aux journaux télévisés. Ou alors, sur un ton si routinier trahissant bien que l'on avait renoncé à tout espoir de le retrouver. L'affaire paraissait classée. On passerait à la suivante : la sienne. Jusqu'à ce que l'on range également son dossier parmi tous les autres où figurent les histoires non résolues dont on finit par se désintéresser.

Je reculais devant cette idée. Elle me donnait une sensation proprement physique qui ressemblait vaguement au vertige, à la nausée, et que je ne me sentais pas la force ni le courage de surmonter. Je voulais différer le plus possible le moment où il me faudrait l'affronter. C'est pourquoi, probablement, abattant en quelques heures tout mon travail en retard, je suis rentré si tard du bureau. Après l'heure du dîner. Ayant pris la précaution, pour la nuit, au cas où, de me procurer une nouvelle bouteille de whisky chez l'épicier. Le même mauvais whisky, le seul que j'avais trouvé, qui, la veille, m'avait rendu tellement malade, brûlé l'estomac et cogné la tête. En marchant vers chez moi, à mesure que je m'approchais de l'immeuble, je sentais mon cœur battre de plus en plus fort.

Je traversais une grande ville fantôme où je ne croisais personne. Les magasins étaient presque tous déjà fermés. Les ouvriers avaient quitté les chantiers qui, dans le crépuscule, reprenaient leur air lunaire. Je suis passé devant la grande carcasse noircie de l'immeuble incendié qui m'a paru prendre l'allure d'un présage assez sinistre — mais d'un présage dont j'avais négligé l'avertissement quand il était encore temps de déchiffrer le signe que, sans doute, il m'avait adressé. Maintenant, il était trop tard.

Quelque chose, certainement, m'avait échappé. Il aurait fallu remonter le temps. Tout en avançant, je m'y employais mentalement. Je repassais dans ma mémoire tous les événements des jours précédents dans l'espoir d'y découvrir un indice. Mais plus je m'y employais, plus le film que je déroulais me paraissait dépourvu de sens. Je revoyais, j'entendais tout. Plus rien ne paraissait avoir vraiment eu lieu. Comme si l'histoire que j'avais pourtant vécue semblait sur le point de s'effacer. Exactement comme le font les songes lorsqu'on s'en souvient au moment du réveil et que le récit qu'ils formaient s'effiloche à la lumière naissante du matin.

Je redoutais ce qui m'attendait. Le chemin qui menait à ma maison me donnait l'impression de s'allonger à mesure que je le parcourais. J'étais comme ce héros grec dont parle un vieux paradoxe : immobile à grands pas. Je sentais derrière moi quelque chose ou bien quelqu'un qui gagnait du terrain, marchait sur mes talons. « Cela » était sur le point de me rattraper. Et pourtant l'instant ne viendrait jamais. Tout s'était arrêté. Et si cela avait été le cas, j'en aurais été soulagé car je craignais le moment où, malgré tout, j'arriverais à destination. Parce que alors il faudrait me rendre à la raison. Et réaliser que ce qui avait l'apparence mauvaise d'un rêve n'en était pas un. Qu'il s'agissait précisément de la réalité — si invraisemblable, si inintelligible qu'elle fût.

J'étais un peu comme un enfant qui conjure dans son esprit des images en espérant qu'elles seront assez fortes pour se substituer au spectacle de ce qui l'attend. Je me disais : « Elle sera là. Rien n'aura eu lieu. » Je me représentais la retrouvant devant chez elle. Il suffisait d'avoir confiance. D'y croire assez. C'est le mécanisme même de ce que l'on nomme : la « pensée magique ». Elle vous convainc qu'il n'y a rien qui ne puisse se plier à votre désir. Il faut avoir la foi. Mais cela est si difficile quand on ne croit plus en rien.

21

C'est à partir de là que mon imagination s'est emballée. J'en étais d'autant plus surpris que l'imagination, en règle générale, était une faculté dont je me pensais dépourvu. Autour de moi, pour m'en faire parfois le reproche, on disait même que j'en manquais totalement. Quelques jours, quelques semaines se sont écoulés sans que rien de nouveau ne se passe. Ni elle ni lui n'ont plus donné signe de vie.

Et puis j'ai eu une illumination. Ce qui m'a paru sur le coup : une illumination. Et dont je n'ai plus voulu démordre. Comme si je tenais enfin la solution du problème. Je vais trop vite : non pas la solution elle-même mais l'intuition juste qui allait nécessairement me permettre de la découvrir. J'ai été étonné que l'« eurêka ! » ait tant tardé. Je me trouvais incapable de reconstituer la chaîne du raisonnement qui, laborieusement, lentement, sans que j'aie eu conscience de ce qui se tramait dans ma tête, m'avait conduit jusqu'à elle. Mais l'évidence était là : irréfutable. Cela tombait sous le sens ! C'était même enfantin ! Comment n'avais-je pas pu y penser plus tôt ? J'avais honte de moi.

Les faits étaient là : elle, elle n'était pas venue et, le soir même, lui, il était parti. Depuis, je ne les avais pas revus. En somme : ils s'étaient évaporés simultanément. Un lien, me disais-je, existait forcément entre leurs deux disparitions. Qu'elles aient eu lieu en même temps ne pouvait être l'effet d'un hasard. Il me fallait comprendre quelle relation les unissait, découvrir le rapport qui, s'établissant entre ces deux événements en apparence indépendants l'un de l'autre, permettrait d'expliquer chacun d'eux. L'esprit ne procède jamais autrement : il fonctionne par analogies. Ou plutôt : il met au jour les analogies qui existent dans le monde et qui lui confèrent une intelligibilité dont autrement il serait dépourvu. C'est le propre de la pensée scientifique : comme je l'avais lu dans un livre, elle établit que la pomme qui tombe de l'arbre et la lune qui ne tombe pas du ciel, si étrangement contradictoires que paraissent ces deux phénomènes, dépendent paradoxalement du seul principe de la gravitation universelle. Le même genre de raisonnement prévaut en matière criminelle — en tout cas si l'on en croit la littérature policière. L'enquêteur rapproche les indices éparpillés qu'il a réunis et dont, réalisant les relations qu'ils entretiennent, il découvre qu'ils constituent tous l'expression du même problème. Dès lors qu'il a perçu ce qu'ils ont en commun, ils lui apportent la solution du mystère.

J'étais le seul à pouvoir faire le lien entre leurs deux disparitions. La première avait été signalée à la police, qui n'avait aucune raison d'avoir prêté attention à la seconde. À part moi, personne n'avait pu être frappé par la coïncidence des deux faits. D'ailleurs, cette coïncidence n'existait que pour moi. Seul, j'étais celui par qui elle prenait sens. C'est pourquoi il aurait été vain d'exposer une pareille hypothèse aux enquêteurs en charge de l'affaire. Ils l'auraient reçue comme l'extravagante élucubration d'un esprit doucement dérangé. En tout cas, je voulais m'en convaincre. Peut-être pour justifier l'attitude que j'avais adoptée et qui me faisait remettre de jour en jour le moment de me rendre à la police. Pas vraiment par peur des conséquences que ma confession pourrait provoquer. Mais parce que je me trouvais désormais convaincu qu'il n'appartenait qu'à moi de résoudre l'énigme. Je ne pourrais y parvenir qu'à la stricte condition de considérer les événements dont j'avais été le témoin à la manière des épisodes d'un roman qui distribuent, les unes après les autres, à qui sait les assembler, les pièces dispersées d'un puzzle.

Au fond, il en va toujours ainsi : la première impression avait été la bonne. Parce que cela m'arrangeait, j'avais fini presque par l'oublier. Mais j'avais vu juste ! Un lien existait entre eux, qui expliquait qu'ils aient disparu en même temps. Sans doute était-il — ou avait-il été — son amant. Avec autant de facilité qu'elle l'avait fait pour moi, elle lui avait ouvert son lit autrefois. Il s'ensuivait, concluais-je, que, par jalousie, il l'avait tuée. Je retombais sur l'hypothèse du « crime passionnel ». Je n'en voyais pas d'autre. Le motif était banal mais, d'après ce que j'avais lu, il était la cause de la plupart des crimes et éclairait bêtement les moins vraisemblables. Il avait fait disparaître son corps — que l'on retrouverait bientôt dans l'un des chantiers ou des terrains vagues entourant la maison.

Puis il s'était éclipsé afin d'échapper à l'hypothétique curiosité des enquêteurs.

Une autre idée m'est venue — qui n'était au fond qu'une variante de la précédente. Peut-être, après tout, était-il ce mari dont elle m'avait parlé. Ils vivaient plus ou moins séparés : elle dans le studio du bas où elle jouait du piano, lui dans l'appartement d'en haut dont il avait fait son bureau. La liaison que j'avais nouée avec sa femme — et dont il n'avait pas pu ignorer l'existence — lui avait paru insupportable. La même cause produisait le même effet. Il redoutait qu'elle le quitte pour moi — pensais-je toujours avec la même fatuité. Ce mobile amenait devant les assises un grand nombre de personnes dont nul, avant que la chose ait lieu, n'aurait pu imaginer qu'elles passent jamais à l'acte. Il l'avait assassinée mais avait pris soin de signaler lui-même sa disparition à la police afin d'égarer les soupçons.

En matière d'énigmes policières, j'étais un amateur. Pourtant, je voyais bien ce qui clochait dans l'un ou l'autre des deux scénarios que j'avais élaborés et auxquels, moi-même, je ne croyais pas. À cause de ce que nous avions vécu, elle et moi, j'avais du mal à me représenter cet homme dans ses bras, dans son lit : une répugnance bien naturelle m'en empêchait. Mais surtout, j'avais plus de peine encore à l'imaginer dans le rôle d'un assassin. Cela ne correspondait pas du tout à l'idée que je m'étais faite de lui au cours des longues soirées que nous avions passées ensemble et à la faveur desquelles, au fond, j'avais fini par sympathiser avec lui. Sans doute était-il fou — je m'en étais souvent fait la remarque en l'écoutant —

mais d'une folie qui, pour autant qu'il m'était possible d'en juger, n'avait rien de violent et dont je voyais mal comment elle aurait pu le conduire à préméditer et à exécuter un tel geste — qui malgré tout sortait sérieusement de l'ordinaire.

Bien sûr, tout cela ne prouvait rien. L'une des règles de base du roman policier stipule que les coupables passent toujours pour des innocents. C'est même à cela qu'avec assez d'habitude on les reconnaît. Il le faut afin de différer le plus longtemps possible le moment où ils seront enfin démasqués. La ficelle, comme on dit, est un peu grosse — à laquelle pourtant ont recours tous les écrivains, tous les scénaristes de la planète. Plus un personnage paraît insoupçonnable, plus les chances sont grandes qu'il s'agisse de l'assassin. Mais le lecteur réclame quand même une certaine forme de vraisemblance psychologique. Sinon, il a le sentiment légitime d'avoir été floué. Et dans le cas qui m'occupait, je ne voyais pas du tout quel ressort vaguement cohérent aurait pu expliquer la soudaine métamorphose en meurtrier de mon inoffensif voisin.

Une autre idée m'est venue. Je me suis dit que s'ils avaient disparu en même temps, c'est qu'ils avaient disparu ensemble. Ils avaient décidé de s'évanouir, de recommencer leur vie ailleurs et sans laisser de trace. Sans pouvoir le prouver, j'avais eu le sentiment qu'ils étaient de connivence l'un avec l'autre. Et puis, j'avais préféré ne plus y penser. Mais leur disparition devait faire partie d'un plan — quel qu'il fût — qu'ils avaient préparé et exécuté d'un commun accord. J'en étais convaincu maintenant.

Une pensée sinistre m'a traversé l'esprit qui convenait à la profonde mélancolie que j'avais perçue chez l'un comme chez l'autre et que leur passé commun, s'ils étaient bien mari et femme, expliquait sans mal. Des années s'étaient écoulées depuis la disparition de leur enfant auquel ils n'avaient pas voulu survivre, passant l'un avec l'autre un pacte au terme duquel, l'exécutant enfin, ils s'étaient donné la mort, peut-être en se jetant ensemble du haut d'un des ponts d'à côté, et, un jour prochain, le fleuve rejetterait sur la berge leurs deux cadavres. Qu'ils aient choisi de se tuer ensemble ou bien de fuir ensemble, peut-être avaient-ils voulu qu'il y eût malgré tout un témoin à leur disparition : quelqu'un qui soit susceptible de les comprendre pour assister à l'adieu qu'ils avaient décidé de dire au monde. Par une sorte de sentimentalisme. Ou bien : afin que reste une personne qui puisse la raconter. Qui ait pour cela un motif suffisant : elle me l'avait fourni. Et qui soit susceptible d'en donner l'interprétation qui leur eût convenu : il s'en était chargé.

Tout ce qu'il m'avait longuement raconté au cours des nuits sans sommeil que j'avais passées chez lui me revenait peu à peu en tête. Particulièrement la conviction qui servait un peu de clef de voûte à toute sa démonstration : l'idée qu'il y avait une sorte de trou noir au bord duquel nous nous tenions et qui, arbitrairement, sans rime ni raison, aspirait les vivants, les uns après les autres, dans un même vide sans fond. Toute cette théorie, me disais-je, il me l'avait exposée afin de me préparer à ce qui aurait lieu. Pour mieux rendre crédible leur disparition à tous les deux. Afin que je me satisfasse de l'hypothèse qu'il m'avait suggérée. Que je m'en tienne à cette explication — qui certes n'expliquait rien du tout mais qui me détournerait d'en chercher une autre à leur fuite.

Ou alors : il avait dit vrai. De bout en bout. Et je n'avais pas voulu le croire. L'«épidémie» dont nous avions parlé, dont, disait-il, j'avais eu le premier l'idée, qu'il m'avait patiemment expliquée, était en cours. Elle avalait à mesure le monde et ceux qui y vivaient, ouvrant sous leurs pas un précipice dans lequel ils basculaient tour à tour, versant dans un univers inconnu et dont nul ne saurait jamais rien. Ils avaient été les derniers habitants de l'immeuble et, soudain, ils s'étaient volatilisés dans l'air, ne laissant aucune trace tangible de leur passage, sinon le souvenir que seul je conservais encore d'eux et auquel, déjà, il m'était difficile d'accorder totalement foi. Dans sa bouche, cela avait eu l'allure d'une fable, d'un propos délirant. Pour y croire, il m'eût fallu une preuve. Il me l'avait donnée en disparaissant et en entraînant avec lui la femme que j'avais cru aimer. Gardant pour la fin de la démonstration son meilleur argument. Celui qui établissait la scrupuleuse exactitude de ses dires. Me laissant seul avec une vérité si folle que je ne pourrais la connaître enfin, terrible et splendide, qu'à la condition de devenir aussi fou que lui-même l'avait été.

SIXIÈME PARTIE

22

Les événements qui suivirent, je pourrais me dispenser de les rapporter. Chacun les a en mémoire. Le monde entier en a été informé. En un sens, ils appartiennent à l'Histoire. Ils y ont trouvé une place. Modeste, c'est vrai. Durable, je ne sais pas.

Je ne suis pas devenu fou. Ou je ne m'en suis pas aperçu. Peut-être l'étais-je déjà. Pourtant je ne crois pas. Comme ces jouets que l'on donne aux tout petits enfants, on avait beau le bousculer dans tous les sens, mon cerveau retrouvait toujours son équilibre. Je le devais peut-être à mon caractère un peu borné. Disons : à un substantiel et salutaire bon sens. Certainement, et ce n'était pas la première fois, ce « bon sens » m'a sauvé la vie. J'avais rencontré dans mon existence suffisamment de choses incompréhensibles pour me dire que la meilleure solution consistait à ne pas vouloir les expliquer à tout prix.

Je n'ai plus entendu parler d'eux. Je ne me suis pas rendu à la police. Aucun enquêteur n'est venu frapper à ma porte.

En conséquence, je me suis convaincu que l'affaire avait été classée. Sans doute parce qu'il n'y avait eu d'affaire que dans ma tête. Une explication toute simple avait été apportée à ce qui n'était apparu qu'à moi comme un mystère. On avait retrouvé sa trace. Il s'agissait d'une fausse alerte. Je n'étais même pas certain, au fond, qu'il y ait eu un quelconque lien entre leurs deux départs dont la simultanéité n'était peut-être que l'effet d'une coïncidence. Bien sûr, j'aurais voulu en avoir le cœur net. Mais dans l'immeuble vide dont je restais le dernier occupant, il n'y avait personne à qui m'adresser. Même si j'avais déniché quelqu'un à interroger, je n'avais aucun titre à demander des explications à qui que ce soit. Toutes les hypothèses que j'avais élaborées m'apparurent comme tout à fait extravagantes. J'avais perdu la tête. C'était tout. Me rappeler comment me faisait un peu honte. Pourtant, je ne parvenais pas à chasser complètement son souvenir de mon esprit. Elle me manquait. Davantage que je n'étais disposé à le reconnaître. Son absence avait laissé un grand vide dans ma vie.

Du temps a passé. L'automne vint. Un automne inhabituellement doux. La pluie tombait sans discontinuer. Et ce n'était pas de la petite pluie. Oh non! Elle s'abattait sur la cité avec une insistance exceptionnelle. Elle criblait le trottoir de gouttes lourdes comme des grêlons et qui éclataient sur le pavé. On se demandait pendant combien de temps la terre pourrait supporter un tel traitement. Sortir, soudain, était devenu une sorte d'expédition. Personne ne s'y risquait plus — sauf si cela était absolument nécessaire. Le vent soufflait dans la ville avec une telle force qu'il emportait tout, retournait les parapluies, s'engouffrait sous les imperméables, faisait tomber les chapeaux des têtes. Mettre le nez dehors revenait presque à s'aventurer sur une grève battue par les flots d'une mer démontée, toute secouée de vagues.

Je la regardais, la pluie, pendant des heures, cogner à mon carreau sur le rythme d'une comptine que me chantait ma mère lorsque j'étais petit, les jours de mauvais temps. Cela me faisait penser à elle. Et puis je pensais à cette femme que j'avais aimée et qui était si soudainement, si inexplicablement sortie de mon existence. À ma fille aussi. À ma vie. À tout ce vide. Sans raison. Sinon que le ciel semblait pleurer. Et je l'enviais. J'aurais voulu pleurer aussi. Il y avait tellement de gens, de choses auxquels j'aurais aimé ne pas avoir eu à dire adieu. Enfermé chez moi, je contemplais l'eau ruisseler le long des vitres, s'insinuer par les interstices des fenêtres, couler sur le sol de la chambre et du salon, faire s'épanouir en formes baroques des fleurs sales et humides au plancher, au plafond. Les toits, les murs des maisons avaient bu à satiété et ils rendaient le trop-plein qu'ils ne parvenaient plus à absorber. La pluie gorgeait la terre du jardin qu'elle transformait en un marécage où se décomposaient les feuillages tombés des arbres. Elle lessivait la chaussée, gonflait les caniveaux. Dans les chantiers avoisinants, il avait fallu interrompre les travaux encore en cours. Une boue épaisse couvrait tout dans laquelle les engins patinaient et où les ouvriers ne s'aventuraient plus. Les vagabonds avaient été chassés des trottoirs par les intempéries. Dehors, on ne voyait plus personne.

L'immeuble dont j'étais le dernier occupant me paraissait pareil à un navire pris dans la tempête : immobile au milieu de la tourmente, chahuté par des courants contradictoires, courbé par des rafales assez puissantes pour le démâter et puis l'envoyer par le fond, flottant encore comme par magie sur une surface toute disposée à l'avaler bientôt. Un vaisseau fantôme dont le capitaine m'aurait laissé le commandement et sur le pont duquel m'entourait, sans vouloir m'assister, tout un équipage de spectres.

L'air n'était plus que de l'eau. Toute la ville était trempée. On aurait dit qu'un véritable océan fuyait depuis le ciel, qu'il répandait sur le monde un flot inépuisable dont nul ne parvenait à imaginer d'où il provenait et quand il serait tari. Les nuages formaient au-dessus de la cité une masse grise et compacte d'où se déversait une perpétuelle averse qui avait la puissance constante d'un orage d'été en montagne. Et lorsque l'un de ces nuages crevait, un autre, venu d'ailleurs, prenait aussitôt sa place, bouchant le trou qu'il aurait pu laisser dans le ciel.

On avait fini par ne plus espérer une accalmie.

Et puis, avec l'hiver, ce fut le tour du froid. Du jour au lendemain, il s'installa sur le pays. Une carapace de gel s'étendit sur le sol, rendant les trottoirs luisants comme des patinoires, couvrant de blanc les pelouses, les campagnes. La terre était devenue dure comme du béton et le béton glissant comme de la glace. La banquise s'était formée. Le relatif redoux qui revint n'y changea rien. Mais lorsqu'il se remit à pleuvoir, l'eau que versait le ciel rebondissait sur la surface frigorifiée à travers laquelle elle ne parvenait plus à pénétrer, où elle stagnait en de vastes flaques froides ou bien formait des ruisseaux qui filaient vers nul ne savait où.

La situation dès lors empira.

Après coup, comme c'est toujours le cas, les explications ne manquèrent pas. Une dépression rabattait la pluie sur le pays puis soufflait sur lui de l'air froid venu du Pôle. En matière de pluviométrie, les annales en conservaient la trace, tous les records furent battus. De mémoire de météorologue, on n'avait jamais rien connu de tel. Une conjonction de phénomènes incontrôlables et imprévisibles, concernant les masses d'air errant sur la planète, déterminait les conditions de ce qui avait proprement pris l'allure d'un déluge. Non pas : la mer montant à l'assaut de la terre. Mais : le ciel se répandant sur le sol.

Je ne fais que répéter ce qui s'est dit à l'époque. Il va de soi que je manque tout à fait de la compétence qu'il faudrait pour trancher entre les différentes théories qui furent défendues sur le moment et qui servirent ensuite à alimenter des controverses aussi vaines qu'interminables. Je doute d'ailleurs que quiconque sache à quoi s'en tenir. Si quelqu'un a su ce qu'il en fut, on est parvenu à le faire taire. Ou bien — cela revient au même — on a réussi à rendre sa voix inaudible au milieu de toutes les autres qui se sont exprimées et qui ont contribué au grand tintamarre médiatique que chacun se rappelle. Démêler le faux du vrai se révéla impossible. Trop de monde, sans doute, avait intérêt à ce que la lumière ne soit jamais faite sur les événements. Et puis, au fond, une fois qu'ils furent finis, à quoi cela aurait-il servi ?

On insista beaucoup sur le rôle qu'avait joué le hasard, incriminant la Nature et la manière toujours aléatoire dont se manifeste, sans prévenir, sa démesure. Ce qui n'était pas faux bien sûr. Mais si l'argument était ainsi mis en avant, c'est parce qu'il permettait d'exonérer les hommes de leur imprévoyance, de leur irresponsabilité. Il faisait porter toute la faute de ce qui leur arrivait sur la puissance aveugle et impersonnelle qui, soudainement, les accablait. Les signes avant-coureurs, pourtant, n'avaient pas fait défaut. Les autorités purent se prévaloir — elles ne s'en privèrent pas — d'avoir tout mis en œuvre depuis des années afin d'éviter le pire. Le « principe de précaution », prétendirent-elles, avait été strictement respecté. Mais personne, ajoutait-on, n'aurait pu prévoir l'ampleur de ce qui arriverait et allait dépasser de loin les hypothèses les plus pessimistes imaginées, dans leurs bureaux, devant les écrans de leurs ordinateurs, par les savants, les experts, les ingénieurs sur les travaux desquels s'étaient appuyés les pouvoirs publics.

Nul n'ignorait que la ville était à la merci d'une catastrophe comparable à celles qu'elle avait connues dans le passé. Les historiens exhumèrent les précédents. Avec une formidable régularité que les scientifiques constataient sans parvenir vraiment à l'expliquer, le fleuve entrait périodiquement en crue et inondait la ville. Le phénomène connaissait un pic à peu près tous les cent ans. Et cela faisait un peu plus d'un siècle que la chose s'était produite pour la dernière fois. Il n'y avait donc rien de surprenant à ce qu'elle ait lieu à nouveau. C'était affaire de probabilités, de statistiques. Elles finissent toujours par avoir raison. S'il fallait s'étonner de quoi que ce soit, ce n'était certainement pas de ce que la catastrophe arrive enfin mais plutôt de ce qu'elle ait tant tardé. Les tonnes d'eau qui se déversaient depuis des semaines sur la cité et sur sa région ne constituaient que la goutte d'eau qu'attendait le vase obscur du monde pour déborder de partout.

Cent ans, c'est long. Trop long pour la mémoire des hommes. Dans leurs livres, les vivants gardent le souvenir de ce qui s'est passé. Mais ils ne croient jamais à rien, sinon à ce qu'ils ont vu de leurs propres yeux. Tout le reste appartient à une légende douteuse — qui semble n'entretenir aucun lien avec la réalité. Le temps recommence avec chaque génération nouvelle qui vient au monde et qui considère comme très naturel d'ignorer tout ce qui l'a précédée. Cette condition, après tout, est peut-être indispensable à la vie. On oublie. Et puis l'on oublie même que l'on a oublié. On tient pour obsolète tout ce que l'on pourrait apprendre de ce qui eut lieu autrefois. Et l'on n'a pas tout à fait tort. Car tout se transforme si vite que le monde d'aujourd'hui n'a plus grand rapport avec celui d'hier. Peu de leçons utiles sont à tirer du passé.

23

Un jour, la pluie cessa. Un beau soleil d'hiver revint briller dans un ciel bleu. Ironiquement, ce fut alors que la catastrophe commença. En vérité, elle avait débuté bien avant. En un sens, elle était même en cours depuis la nuit des temps. Un processus perpétuel était à l'œuvre, voué à la pure logique de son continuel recommencement, totalement indifférent au monde que les hommes édifiaient sur la surface de la terre. Il ne se signalait à eux qu'une fois par siècle, en submergeant, en détruisant tout ce qu'ils avaient cru bâtir pour toujours.

Depuis des semaines, toutes sortes d'indices sérieux inquiétaient les pouvoirs publics qui prirent soin de les porter un peu à la connaissance de l'opinion — mais sans leur donner, cependant, un caractère de gravité suffisant et susceptible de provoquer une panique que les autorités redoutaient plus que tout. D'ailleurs, dans un passé récent, il était plusieurs fois arrivé que des signaux encore plus alarmants se soient révélés trompeurs. Pour des raisons que personne ne parvenait à expliquer, la catastrophe annoncée n'avait pas eu lieu. Tout était rentré dans l'ordre. L'alerte n'avait pas été lancée. Et il fallait s'en réjouir. Car les mesures envisagées dans un tel cas de figure auraient été inutiles. Leur application aurait causé plus de mal que de bien. C'est pourquoi le plus raisonnable, estimait-on, consistait encore à ne rien dire, à ne rien faire et à espérer que le problème se réglerait de lui-même. De l'avis des experts, toute prévision à plus de vingt-quatre heures concernant le niveau des eaux était rigoureusement impossible tant les données étaient nombreuses qu'il aurait été nécessaire d'inclure dans une équation dont d'ailleurs personne ne connaissait précisément la formule. Le pire ne deviendrait sûr que lorsqu'il serait déjà trop tard pour agir.

Les lacs artificiels destinés à garantir l'étiage du fleuve en période de sécheresse et à absorber le trop-plein d'eau au cours de l'hiver avaient depuis longtemps atteint leur cote maximale. Comme de vastes bassines remplies à ras bord. Toute la terre de la région ressemblait à une grosse éponge gorgée de liquide et qui n'en peut plus de boire ce qu'on lui donne. Plusieurs des affluents situés en amont de la ville s'étaient répandus dans la campagne et l'on pataugeait déjà dans quelques villages. Les ponts voyaient clapoter le fleuve à la hauteur de leur tablier et il avait fallu interdire l'accès aux quais de la cité.

Nul ne saurait dire ce que fut la proverbiale goutte qui fit déborder le vase. Ni par quel mystérieux mécanisme elle entraîna à sa suite les torrents qui investirent la ville. Un jour, c'était ce jour d'hiver ensoleillé dont j'ai parlé, le fleuve sortit de son lit et passa par-dessus les parapets qui bordaient les quais. L'eau se précipita partout où elle put se frayer un chemin. Un plan avait naturellement été prévu afin de préserver les infrastructures indispensables. Des portes, des sas avaient été installés en vue d'isoler en segments étanches les tunnels qui avaient été creusés sous la cité. Des pompes devaient permettre d'évacuer l'eau des compartiments qui seraient noyés. Dans les premières heures, le dispositif fonctionna à peu près. Ce qui permit aux autorités de minimiser l'ampleur du phénomène et de proclamer que rien n'était à redouter. Mais s'imaginer isoler tout le sous-sol apparaissait comme une vue de l'esprit. Lorsqu'un passage lui était interdit, l'eau en trouvait un autre, contournait les obstacles quand elle ne les emportait pas. Elle s'arrêtait ici pour resurgir là, empruntant des voies invisibles, imprévisibles et détournées qui, sans que personne ne puisse expliquer comment, la conduisaient jusque dans les quartiers les plus éloignés du fleuve, situés parfois en altitude et qu'en principe elle aurait dû épargner.

Le réseau des égouts fut assez vite envahi. Celui du métro ne tarda pas à l'être. Les lignes tracées en profondeur sous le lit du fleuve furent les premières fermées, mais comme elles communiquaient avec les autres, des torrents se déversèrent dans tous les tunnels et inondèrent la plupart des stations. Certaines bouches du métro recrachaient continûment un flot régulier dans les rues et avaient pris l'apparence de sources ou bien de fontaines. La plupart des parkings subirent le même sort et, tant qu'elles fonctionnèrent, les caméras de surveillance enregistrèrent la noyade des véhicules — avec parfois leurs occupants à bord — emportés par le courant s'engouffrant soudainement dans les sous-sols. La ville donnait l'impression d'être devenue comme une sorte de radeau précaire flottant plus ou moins à la surface d'une gigantesque mer souterraine dont le niveau montait imperturbablement. Un navire à l'intérieur duquel les voies d'eau se multipliaient, où l'on en était réduit à écoper avec des moyens dérisoires, et qui paraissait sur le point de couler.

Je regardais le programme spécial que diffusaient en boucle les chaînes d'information lorsque l'écran de mon téléviseur s'est tout à coup éteint. J'ai entendu le claquement si caractéristique que fait un compteur qui disjoncte. Tout le quartier était plongé dans l'obscurité. L'alimentation en électricité avait cessé. Tant qu'ont duré la batterie de mon ordinateur portable, celle de mon téléphone puis les piles de ma radio, tant que les réseaux ont continué à fonctionner, c'est-à-dire pendant deux ou trois jours, j'ai pu me tenir à peu près au courant de la situation. Puis, je me suis retrouvé complètement coupé du monde. Mais ce que je savais déjà me suffisait. Et ce que j'ignorais, je disposais d'assez d'éléments pour parvenir à l'imaginer.

Le gouvernement, visiblement, hésitait entre deux attitudes opposées. Il soufflait alternativement le chaud et le froid. Il ne lui était guère possible de masquer la gravité de la situation. Impérativement, il lui fallait mettre en garde l'opinion de manière à ce que les habitants, prenant conscience de la menace, collaborent avec les autorités, obéissent aux directives susceptibles de limiter les effets de la catastrophe. Mais, en même temps, il s'agissait de rassurer — quitte à mentir un peu sur les proportions que risquait de prendre un pareil désastre. Le même mot d'ordre revenait dans la bouche de tous les responsables politiques lorsque les journalistes les interrogeaient : surtout, il importait de ne pas céder à la panique. Car ses conséquences seraient plus dévastatrices encore, affirmaient-ils, que celles que causerait l'inondation.

On exhibait avec une complaisance un peu douteuse les archives témoignant de la crue précédente : des photographies, des films en noir et blanc montrant comment, au siècle dernier, la population, faisant contre mauvaise fortune bon cœur, avait stoïquement surmonté l'épreuve, des images d'hommes et de femmes en vêtements d'époque, souriant plaisamment à l'objectif tandis que, chaussés de hautes bottes, grimpés sur de petites barques, ils vaquaient à leurs occupations habituelles, sortaient faire leurs courses, se rendaient à leur travail. Finalement, ce ne serait, suggérait-on, qu'un mauvais moment à passer, un épisode plutôt pittoresque que l'on se rappellerait plus tard avec un peu d'amusement et même de nostalgie. Il suffisait de prendre son mal en patience. Sauf que — chacun en avait bien conscience malgré tous les discours lénifiants — la situation avait changé du tout au tout. Les causes, sans doute, restaient à peu près les mêmes mais le formidable développement qu'avait connu en cent ans la cité en démultipliait les effets.

Il aurait fallu évacuer tous les quartiers placés sous la menace immédiate de l'inondation. Mais une telle mesure aurait concerné plusieurs centaines de milliers d'habitants. Deux minutes de réflexion suffisaient à n'importe qui pour comprendre que la chose était impossible. Elle aurait exigé la mise en œuvre de moyens techniques et humains monumentaux qui, très simplement, et même si toutes les ressources disponibles étaient mobilisées à cette fin, n'existaient pas. Et personne ne pouvait prévoir quelles conséquences produirait un déplacement de population d'une pareille importance. Le pari était très hasardeux à prendre. Le maintien de l'ordre public, la sûreté des citoyens n'étaient pas garantis.

Il fut donc décidé de ne porter secours qu'aux personnes les plus directement exposées. L'opération la plus spectaculaire concerna le grand hôpital moderne qui avait imprudemment ouvert ses services peu de temps auparavant sur les berges du fleuve et qui, pour cette raison, fut l'un des premiers à se retrouver les pieds dans l'eau. Les hélicoptères et les embarcations légères de la gendarmerie, avec l'assistance du personnel soignant, en sortirent en quelques heures tous les malades qui furent aussitôt dirigés vers des établissements en province. Le spectacle était très impressionnant. C'est pourquoi il fut si médiatisé. On aurait dit une scène de guerre. Ou plutôt : on se serait cru au cinéma. Par ce coup d'éclat, le gouvernement voulait démontrer à l'opinion qu'il était en mesure de surmonter la crise. Mais il ne convainquit que ceux qui croyaient encore en lui. Et d'heure en heure, ils étaient de moins en moins nombreux.

Si le signal du départ était donné, une foule s'animerait dans le plus grand désordre afin de prendre la fuite. À supposer que la chose fût encore possible. Car on barbotait déjà à hauteur des genoux dans pas mal de rues. Il n'y avait plus ni métro ni train. Les grandes gares desservant le reste du pays se trouvaient paralysées, les principales voies de chemin de fer ayant été pour la plupart submergées en un point ou un autre de leur tracé. Un immense embouteillage s'était immédiatement formé dans la ville et sur ses abords : le boulevard de ceinture n'était plus praticable sur une bonne partie de sa longueur ; même chose pour les autoroutes. La cité avait pris l'apparence d'une sorte de piège se refermant sur ses habitants et dont il aurait été illusoire d'espérer pouvoir les sortir.

C'est pourquoi la consigne fut donnée aux gens de rester chez eux. Elle fut d'autant mieux suivie qu'il n'existait aucune autre solution réaliste. Dans les quartiers inondés, les personnes en détresse devaient se signaler comme elles le pouvaient aux sapeurs-pompiers, aux agents de police, aux gendarmes, aux militaires qui, embarqués sur leurs Zodiac, parcouraient le secteur afin de porter secours aux habitants les plus exposés. On loua beaucoup l'abnégation, le courage, l'endurance, l'héroïsme des sauveteurs. Mille anecdotes ont fait la légende de ces jours d'hiver telle qu'on la raconte, qu'on la commémore depuis. Elles parlent de personnes captives d'une cabine d'ascenseur, d'une cage d'escalier, d'une cave, d'un parking, qui, voyant monter les eaux, sur le point de se noyer, ne durent leur salut qu'à l'intervention périlleuse et inespérée des forces de l'ordre.

On évoque moins souvent le chaos dont la ville fut aussi le théâtre : les magasins pillés, les déprédations de toutes sortes, le vandalisme, une violence sauvage. Comme si tous ceux que la société avait relégués sur ses marges trouvaient là l'occasion de prendre sur elle une revanche barbare, gratuite et indifférenciée. La loi martiale fut décrétée. Des patrouilles d'hommes en armes circulaient. Les affrontements tournèrent à l'émeute dans plusieurs quartiers. Les digues que la civilisation érige et que fait respecter la puissance publique, en des circonstances aussi exceptionnelles, avaient cédé. Les vannes étaient ouvertes : et elles laissaient passer le pire et le meilleur.

Les images ont fait le tour du monde. Comme n'importe qui, je les ai en tête. Elles montrent des monuments immergés, des immeubles à demi engloutis, des musées, des bibliothèques transformés en piscines et desquels on tire à la hâte ce qui peut encore être plus ou moins sauvé des chefs-d'œuvre du passé, le jardin zoologique où des fauves, des singes grimpent aux plus hautes branches des arbres afin de se préserver de la crue, l'une des plus grandes et des plus belles villes du monde métamorphosée en une sorte de misérable cité lacustre.

Chacun sait cela aussi bien que moi.

24

La cité était en train de sombrer.

J'étais aux premières loges. La rue que j'habitais, je l'ai appris seulement alors, avait été l'une des plus durement éprouvées lors de la grande crue du siècle passé. Le phénomène était fatalement destiné à se répéter.

Le premier matin, alerté par les nouvelles données à la télévision, je suis sorti pour me rendre compte de la situation. D'abord, je n'ai rien remarqué de différent. La ville paraissait calme et inchangée. Elle semblait même radieuse sous le soleil revenu qui brillait dans le ciel. Un bruit inhabituel a attiré mon attention. Je ne saurais pas le décrire. Je n'avais jamais rien entendu de semblable. Un couinement, j'imagine. Je crois que c'est le nom que l'on donne à ce type de cri. Plutôt : un concert cacophonique de couinements. Quelque chose de strident. Qui exprimait la détresse, la crainte. Une centaine de rats grouillaient sur le trottoir. Je me tenais seulement à quelques pas de la masse mouvante qu'ils formaient. Ils me faisaient face. Avec une détermination inquiétante. La peur que provoquait dans leurs rangs une présence humaine n'était pas suffisante pour les forcer à se disperser. Ils n'avaient visiblement aucune intention de reculer. Quelque chose de plus menaçant que ma personne les faisait tenir ensemble, les poussait en avant. Sans arrêt, il en venait par dizaines. Ils couvraient la chaussée. J'ai compris que l'inondation avait dû les chasser des caves, des égouts qui leur servaient de logements. Ils s'étaient rassemblés à l'entrée du long tunnel qui conduisait aux berges du fleuve. Soudain, comme s'ils obéissaient à un signal, ils se sont éparpillés. Avec dégoût, je me suis vu entouré par tous ces petits corps que je sentais fuir et filer à hauteur de mes chevilles. J'ai entendu une rumeur très profonde résonnant du dessous des voûtes obscures que les lampadaires n'éclairaient plus. J'ai levé la tête tandis que les rats s'égaillaient derrière moi. Et puis j'ai vu l'eau arriver. Elle déferlait vers moi. J'ai eu le temps de reculer et la vague est venue mourir à mes pieds, léchant juste la semelle de mes souliers.

C'est ainsi qu'a commencé l'inondation du quartier.

Le lendemain matin, l'eau était montée. Mais autour de chez moi, son niveau ne dépassait guère les vingt ou trente centimètres. La situation n'avait pas encore acquis un caractère de gravité suffisant pour rendre vains tous les efforts déployés par les pouvoirs publics afin d'y remédier. Dans la nuit, les services de la municipalité avaient érigé des sortes de trottoirs surélevés, des passerelles de bois qui permettaient de passer à pied sec par-dessus les zones immergées et de relier à la terre ferme les premiers immeubles que la crue avait isolés. Au prix d'un assez long détour, en progressant sur les planches, en équilibre comme un funambule maladroit, j'ai pu rejoindre l'un des escaliers montant du vieux quartier vers l'avenue moderne qui le surplombait. De là, on avait un point de vue imprenable sur le secteur en contrebas que l'eau avait déjà sérieusement commencé à recouvrir. Une petite foule s'était massée sur l'un des ponts qui chevauchaient ma rue et d'où il était possible de se faire une idée assez précise de l'ampleur de ce qui se préparait.

Je voulais en avoir le cœur net. J'ai beaucoup marché. On aurait dit un dimanche. Un beau dimanche idéal pour une promenade. Toute circulation automobile avait cessé. Un silence assez inouï et un peu inquiétant régnait sur la ville. La plupart des magasins étaient restés fermés. Les employés avaient renoncé à se rendre à leur travail. Ou bien : ils s'étaient vus dans l'incapacité de le faire car le train et le métro avaient déjà arrêté de fonctionner normalement. Il n'y avait personne dans les rues. À part quelques passants que le désir de savoir, comme c'était mon cas, avait attirés au-dehors.

Mon idée était de marcher vers le fleuve — qui ne se situait qu'à quelques centaines de mètres. Mais la chose était plus facile à dire qu'à faire. Plus on s'en approchait, plus on tombait sur des rues dont la crue avait pris possession. Certaines restaient encore tout à fait épargnées tandis que dans d'autres l'eau atteignait presque le niveau du premier étage. Il y avait certainement une explication. Elle tenait peut-être tout bêtement au relief du terrain sur lequel les immeubles avaient été construits. Mais la distribution des zones inondées ne semblait obéir à aucune logique. Si l'on voulait progresser vers le fleuve, il fallait contourner des poches de chaussée englouties qui avaient tantôt les dimensions d'une grosse flaque et tantôt celles d'un petit lac. Cela obligeait à rebrousser souvent chemin, à prendre des rues de traverse, avant de remettre le cap dans la bonne direction.

Tandis que d'autres s'affairaient dans les étages inférieurs des immeubles que l'eau avait envahis, procédant sur leurs bateaux pneumatiques à l'évacuation des habitants logés au rez-de-chaussée, des hommes et des femmes en uniforme dissuadaient les curieux d'avancer plus loin. Il fallait éviter les barrages et les cordons de sécurité. Découvrir comment passer relevait, dans ces conditions, du jeu de piste. On devait déchiffrer les indices qui signalaient quelle voie emprunter afin d'arriver au but. J'avais l'impression de progresser dans une sorte de labyrinthe étrange dont je désespérais de trouver la sortie.

Finalement, en me guidant d'après la pente qui conduisait à une zone un peu surélevée, j'ai pu accéder à un ensemble de bâtiments neufs disposés sur une grande dalle de béton qui elle-même recouvrait un complexe commercial, haut de plusieurs niveaux, dont les boutiques avaient été entièrement englouties dans la nuit. De là-haut, on voyait tout. C'est-à-dire : rien. Le fleuve avait complètement débordé sur ses berges. Je m'y attendais. Mais je ne pouvais pas m'imaginer dans quelles proportions. Aucun pont n'était plus visible. L'eau avait envahi les deux rives. Aussi loin que le regard portait, le panorama habituel de la ville avait fait l'objet d'une sorte de métamorphose. Il y manquait des pans entiers. Une énorme coulée grise et sale avait pris toute la place, qui se répandait dans toutes les directions en même temps.

« Surréaliste » est l'adjectif dont les journalistes ont fait le plus usage pour tenter de décrire ce que chacun a eu sous les yeux. Parce que c'est un mot qui ne signifie rien. Pour cette raison, si paradoxal que cela puisse superficiellement paraître, il n'y en avait peut-être pas de meilleur pour dire le spectacle absurde qu'offrait la cité. Quelque chose à la fois de moins réel et de plus réel que la réalité elle-même. « L'épanchement du songe dans la vie réelle », dit, je crois, un vieux poète. En se déversant dans la ville, les eaux du fleuve avaient comme libéré en elle toutes les pensées intimes et cachées que la cité portait en son sein. Son secret se répandait au grand jour. Et, alors même qu'il en révélait la vérité, ce secret lui conférait l'allure d'un de ces rêves dont le rêveur lui-même ne parvient pas à décider de la valeur qu'il convient de lui donner : s'il dit vrai, s'il dit faux, s'il s'agit bien d'un cauchemar malgré l'envoûtante féerie du spectacle que, pour le cerveau de celui qui dort, il déploie dans le sommeil.

Le matin suivant, à mon réveil, il m'a suffi d'un seul coup d'œil par la fenêtre pour prendre la mesure de ce qui s'était passé. L'immeuble était cerné désormais. Quand, bêtement, j'ai voulu m'en assurer, j'ai constaté que l'eau avait pénétré dans la cage d'escalier et qu'elle montait jusqu'au niveau du deuxième étage. Je suis remonté chez moi. Il n'y avait plus grand-chose d'autre à faire. À part attendre. Puisque mon appartement se situait tout en haut de l'immeuble, et même s'il s'agissait d'un bâtiment de petite taille par rapport aux tours qui l'entouraient, mon cas n'a pas dû paraître trop inquiétant aux sauveteurs qui sillonnaient le secteur dans leurs embarcations. Ils m'ont répété, comme à un enfant un peu idiot, les consignes qu'il me fallait observer, m'ont laissé un lot de couvertures de survie, de l'eau potable et des rations alimentaires pour une dizaine de jours. Puis ils m'ont promis qu'ils reviendraient bien vite. Autant dire tout de suite que je ne les ai jamais revus.

Mon appartement constituait un poste d'observation idéal.

D'un côté, par la fenêtre qui surplombait le jardin, je pouvais apercevoir au loin les quartiers neufs de la cité qui, bien que construits en hauteur, avaient également été touchés. Sur la fresque de la façade, le menton de l'homme à la moustache trempait dans l'eau et cela donnait un air comique à son portrait. Mais dans cette direction-là les dégâts semblaient limités. Les escaliers, les plans inclinés qui conduisaient de la nouvelle à la vieille ville ruisselaient continuellement, formant là où ils le pouvaient des bassins, des cascades aux côtés desquels le mobilier urbain qui surnageait usurpait l'apparence de dieux grecs, de nymphes et de tritons. On se serait cru devant un Versailles qu'aurait conçu un Le Nôtre un peu dérangé.

De l'autre côté, sur lequel donnaient les fenêtres de mon bureau, le spectacle était d'une nature différente, bien plus sauvage. La rue s'était transformée en un canyon dans lequel, entre les parois des deux rangées d'immeubles, un véritable torrent s'engouffrait, avec d'inquiétantes cataractes. Le flot charriait toutes sortes de déchets dans une eau sale et noire. Il avait envahi la cour de l'immeuble et il montait assez furieusement à l'assaut de la maison. Je voyais passer sous mes yeux des voitures, les palissades et les engins que l'eau avait arrachés aux chantiers voisins, des poubelles, vertes et jaunes, en très grand nombre.

De tout cela montait une odeur pestilentielle. Cela faisait plusieurs jours que les ordures n'avaient pas été ramassées. Parce que les camions affectés à cette tâche n'avaient plus accès au quartier. Et surtout parce que, situées en zone inondée, les usines de traitement des déchets avaient dû cesser toute activité. Faute d'autre solution, on s'était résolu à verser directement dans le fleuve les tonnes de détritus qui leur parvenaient et que des courants anarchiques avaient aussitôt rabattus vers les zones habitées. Les égouts, saturés depuis le tout début de la catastrophe, refoulaient comme ils le pouvaient les eaux usées qu'ils ne parvenaient plus à évacuer. La ville baignait dans un liquide noir, puant la pisse et la merde, à la couleur épaisse d'encre et de boue mêlées. D'après ce que j'en voyais, toute la cité n'était plus qu'un grand cloaque dont le remugle se répandait partout.

25

J'ai eu du temps pour réfléchir. À tout et à rien. Aux événements récents de ma vie, aux plus anciens. Au visage incongru que le monde, autour de moi, venait de prendre et auquel je peinais à donner sens. J'étais coupé de tout. Dépourvu de moyens d'entrer en contact avec qui que ce soit. Formidablement désœuvré et livré à moi-même. Alors, je dormais. Longuement. Plus mon sommeil s'allongeait, plus il était plein de songes. Les rêves que je faisais me rendaient la réalité sous une forme inquiétante qui m'exténuait encore davantage. J'avais le sentiment que mon lit était devenu une sorte de radeau emporté par le courant. Tout bougeait. Cela donnait le mal de mer.

Il y eut ce rêve qui revint plusieurs fois. L'eau était rentrée dans mon appartement : une eau glacée et malpropre à la surface de laquelle flottaient des débris immondes, des épaves épouvantables, des cadavres d'hommes, de femmes, d'enfants, d'animaux. Une mer d'encre avec des reflets livides recouvrait l'univers à perte de vue. Un grand mouvement très lent de tourbillon l'animait qui tirait tout vers le bas. Elle était gorgée de corps que le flux pressait contre le mien puis qu'il arrachait, les entraînant loin de moi. Il y en avait qui surnageaient et d'autres qui, soudainement, coulaient à pic. Je reconnaissais certains visages qu'éclairait un instant, tandis qu'ils passaient à ma portée, la pâleur d'une lune inquiétante brillant vaguement entre des nuages bas et épais.

L'obscurité était si profonde qu'on y voyait à peine. En revanche, j'entendais étrangement dans mon rêve la rumeur très précise du flot qui gonflait et dont le clapotis délicat tintinnabulant autour de moi se muait en une sorte de ronflement furieux comparable à celui d'un océan soulevé par la tempête et dont les vagues s'abattent en un fracas perpétuel. Cela n'avait plus rien de naturel mais sonnait à la manière d'une symphonie monstrueuse dont je croyais, pour l'avoir souvent entendu, reconnaître l'air : un orchestre déchaîné libérait dans le noir la puissance apparemment anarchique des cordes et des cuivres mimant le mouvement de la mer qui monte à l'assaut du monde, au rythme de la grosse caisse, tandis que, sur la crête de ce tintamarre, retentissaient les notes claires d'un piano qui paraissait lutter avec les autres instruments afin de faire s'élever au-dessus de leur rugissement la forme fragile d'une mélodie.

Tout en flottant parmi les draps froissés, je sentais comme un corps, un corps de femme, s'enlaçant au mien, dont les membres se mêlaient aux miens. Au point que, serrés comme nous l'étions l'un contre l'autre, je ne parvenais plus à m'en distinguer, à faire la part de ce qui était elle et de ce qui était moi. Nous nagions ensemble, intimement accrochés l'un à l'autre, tentant chacun de maintenir la tête hors de l'eau tant bien que mal. Nager n'est pas le mot. Nous remuions des bras, des jambes afin de ne pas nous enfoncer. Nous nous débattions tout doucement. Avec insuffisamment d'énergie pour nous maintenir à la surface. Elle avait l'allure d'une sylphide, d'une sirène. Mais je la reconnaissais. Plonger nous procurait une sorte de douce et d'évidente volupté, la sensation de nous dissoudre avec bonheur dans la profondeur accueillante d'un élément dont nous découvrions l'absence de résistance qu'il nous opposait. Il s'agissait d'un rêve érotique — je le constatais à l'excitation qu'il me causait — mais doté de trop peu d'intensité pour me mener à la jouissance. Pourtant, j'en tirais du plaisir. Elle était au-dessous de moi, je la sentais qui s'enfonçait. J'essayais de la retenir, de la ramener à l'air libre. Elle m'entraînait vers le fond. Malgré elle. Ou peut-être parce qu'elle avait le dessein de me perdre avec elle. Mais je l'aurais suivie n'importe où et même au prix de ma vie. Les courants l'emportaient loin de moi. Je la regardais disparaître avec un sentiment de grande désolation qui, chaque fois, me faisait lamentablement sortir du sommeil.

La nuit ne me procurait pas de repos. Je me levais épuisé. Et le jour me fatiguait encore davantage. Comme un somnambule, j'allais de l'une à l'autre des fenêtres de mon appartement. Je regardais l'eau couler dans la rue. Le spectacle me plaisait. Je ne m'en lassais pas. J'avais toujours eu l'envie d'acquérir une maison au bord d'une rivière. À seule fin de pouvoir observer sous cette forme le temps qui passe. J'étais servi. Il faut se méfier de ses désirs. Car, d'une manière ou d'une autre, ils en viennent toujours à se réaliser. Les souhaits s'accomplissent. Je ne m'étais pas installé auprès d'un fleuve. Le fleuve était venu à moi. Et il me dispensait jusqu'à plus soif les mélancoliques leçons que j'avais attendues de lui.

J'observais, un peu hébété, le flot qui fuyait sur ma droite, sur ma gauche. Le pâté de maisons où se situait mon appartement, je l'ai dit, disposait comme un coin au bout de l'une des principales rues du quartier. D'où la ressemblance que je lui trouvais avec un grand navire à l'ancre. Il dessinait un triangle dont la pointe dressait une proue autour de laquelle, de part et d'autre, se divisaient les eaux dégoulinant depuis l'amont. Posté là, je me faisais l'impression d'être une sorte de vigie destinée à signaler le moment où la terre resurgirait à l'horizon. Je guettais. Mais pendant des jours et des jours, ce fut en vain.

J'avais bien conscience de la stupeur dans laquelle je m'enfonçais. Je n'ignorais pas les raisons purement physiques auxquelles l'imputer. J'étais doté d'une constitution robuste. Mais mon corps — et avec lui mon esprit — se ressentait de sa situation nouvelle. L'humidité, le froid me faisaient grelotter. J'étais parcouru de frissons, agité de tremblements. L'arrêt du chauffage électrique n'était pas seul en cause. J'avais du mal à supporter le soudain sevrage d'alcool auquel j'étais forcé — sans parler de l'absence de tabac. Les rations d'eau et de nourriture dont je disposais — et que je devais prendre soin d'économiser — étaient insuffisantes pour me désaltérer ou me fournir une sensation de satiété. Je ne pouvais rien faire chauffer. J'aurais donné un royaume — à supposer que je fusse roi — pour une seule tasse de vrai café. Ou pour une bonne douche.

Ma tête, je crois bien, ne tournait plus très rond. Mais, en un certain sens, c'est en de pareilles circonstances qu'elle fonctionne le mieux. Je voulais comprendre. C'était ma manie. Et je ne savais pas d'autre moyen d'y parvenir qu'en me racontant à moi-même encore et encore ce qui était arrivé, ce qui était en train d'arriver. Je me repassais en boucle le même film mental où défilaient les événements de ma vie mêlés à ceux que connaissait le monde. Avec, à l'intérieur de moi, la « voix off » d'une sorte de commentaire un peu aberrant qui prétendait faire progressivement apparaître quel dessein caché commandait à tout cela. Plus le récit que j'élaborais perdait en vraisemblance, plus il gagnait en cohérence. J'en suis assez vite venu à tenir pour absolument vraie la théorie absurde à laquelle j'avais abouti. Elle avait grossi au point d'occuper tout le volume de mon crâne.

À en croire ce qui s'est dit par la suite, je ne fus pas le seul à souffrir d'une affection semblable. Un vent de folie souffla sur la ville inondée. Et il fut, au bout du compte, bien plus que l'inondation elle-même, à l'origine de la plupart des drames que causa la catastrophe. Incapables de supporter le huis clos absolu auquel ils étaient contraints, des individus par centaines commirent de ces actes qu'on dit désespérés. Certains, excédés, épuisés, n'en pouvant plus d'attendre, dans l'espoir insensé de se sauver à la nage et de rejoindre la terre ferme par leurs propres moyens, se jetaient par les fenêtres de leurs appartements, plongeant la tête la première dans l'eau noire où ils se noyaient. D'autres se laissaient doucement mourir chez eux, de froid, de soif ou de faim — sans toucher aux provisions qui se trouvaient pourtant à portée de leur main. Il y eut même des crimes : des couples, des familles, des amis qui s'étaient réfugiés sous le même toit, exaspérés par leur continuelle cohabitation, s'entre-tuèrent. Lorsque les secours revinrent et entreprirent d'inspecter un à un les appartements de la zone inondée, ils découvrirent, derrière les portes closes qu'il leur fallait forcer, des scènes semblables, ramassèrent les cadavres, sans même essayer, dans la plupart des cas, d'expliquer les causes d'une mort qu'ils se contentaient de constater. Ou bien : ils tombèrent sur des personnes hagardes qui avaient tout à fait perdu la raison et qu'il fallait s'empresser d'hospitaliser. Tout cela à mettre au compte de la même démence.

Les psychiatres appellent « décompensation », je crois, un pareil phénomène. J'ai toujours trouvé ce mot étrange et je ne suis pas certain de savoir ce qu'il signifie. Confronté à certaines circonstances exceptionnelles, l'esprit ne parvient plus à donner sens à ce qui lui arrive. Tous les mécanismes mentaux qui garantissaient son équilibre se dérèglent. Le cerveau, si l'on peut dire, tombe en morceaux. Il s'effondre. Et toutes les forces mauvaises qu'il abritait se déchaînent avec une violence qui tourne l'individu contre autrui et contre lui-même. Fantômes et fantasmes affluent. Ils sortent de leurs cachettes et s'en viennent tourmenter les vivants.

Je m'en suis mieux sorti que la moyenne, je crois. Peut-être en raison de ce « bon sens » que je pense posséder et dont je me suis prévalu précédemment — sans doute un peu présomptueusement. Et aussi parce que j'avais une plus grande habitude de la solitude. Le soliloque auquel je m'abandonnais — et grâce auquel je me tenais compagnie à moi-même — présentait bien des traits qui l'apparentaient à une sorte de délire. Mais, en même temps, je m'imagine qu'il m'en protégeait. J'étais comme un enfant qui parvient à traverser la nuit en se rassurant à l'aide des petits contes terribles qu'il se raconte et auxquels une part de lui-même ne croit pas tout à fait.

Le même mythe se forma spontanément dans à peu près toutes les cervelles. Plutôt que de « crue » ou bien d'« inondation », on parla de « déluge ». Davantage que la souffrance elle-même, les hommes ne supportent pas leur incapacité à lui donner un sens. Ils veulent bien périr mais à la condition de savoir pourquoi. Il leur faut une explication. Rien ne les terrifie plus que l'idée qu'ils se trouvent livrés au vertigineux arbitraire de la vie. Dans le cas présent, personne ne pouvait se satisfaire des éclaircissements scientifiques qui avaient été fournis et qui présentaient l'inondation comme le produit purement mécanique d'un phénomène naturel auquel sa récurrence statistique, si on l'évaluait selon l'échelle appropriée, ôtait, au fond, tout caractère d'exception. Dire : « déluge » présentait au moins l'avantage de conférer un peu d'intelligibilité — même relative — aux événements. « Déluge » donnait à l'inondation — quoique géographiquement limitée et ne touchant qu'une toute petite partie de l'humanité — l'allure d'une catastrophe universelle. Les habitants de la ville voulaient s'en convaincre, certains qu'elle constituait le centre du monde, que toute la planète tournait autour d'elle. Je veux dire : autour d'eux. Ce qui arrive à soi-même, si insignifiant et dérisoire que cela soit, on se persuade aisément que cela concerne l'espèce entière à laquelle on appartient.

Mais il y avait aussi du vrai dans une telle vision des choses. Depuis des années, depuis toujours sans doute, le globe était le théâtre de toutes sortes de cataclysmes qui éclataient aux quatre coins de sa surface. Des séismes secouaient la terre, des volcans entraient en éruption, des tempêtes se déchaînaient et des ouragans meurtriers vagabondaient au-dessus des continents, les fleuves sortaient de leurs lits et les océans dépêchaient des vagues hautes comme des montagnes sur les rivages où elles détruisaient tout. Les victimes se chiffraient par centaines de milliers. Et même par millions, si l'on faisait convenablement les comptes. On en parlait aux informations. Mais, pour dire la vérité, personne n'y prêtait trop attention. Cela se passait en général dans des pays lointains. Les zones dites tempérées étaient le plus souvent épargnées. Comme si la civilisation — qu'on se prévalait d'y avoir inventée — protégeait, en raison d'un privilège mystérieux et exorbitant, les hommes placés sous son aile des méfaits de la Nature.

Un peu comme pour la foudre. On sait qu'elle peut frapper n'importe où. Mais on se dit que si elle tombe là, cela signifie qu'elle ne tombera pas ici. Parce qu'il faut bien que le positif et le négatif s'équilibrent. De sorte que plus les catastrophes se multiplient, plus se développe chez ceux qu'elles épargnent un sentiment absurde d'invulnérabilité. Et même : d'impunité. Et puis, ne voir jamais la mort que sur un écran de télévision finit par vous donner l'impression que, dépourvue de toute réalité, elle ressemble à un spectacle, à une fiction, fabriqués sur le modèle hollywoodien de ces films catastrophe à gros effets spéciaux où, selon la règle, quelle que soit l'ampleur du désastre, tout se finit toujours bien et dont les ficelles sont assez énormes pour qu'on n'accorde pas trop de créance aux histoires qu'ils racontent.

Mais cette fois, l'impossible avait eu lieu. Il était sorti du poste de la télévision. On l'avait sous les yeux, il ne s'agissait plus seulement d'une image animée, il avait une consistance, une couleur, et même une odeur. La chose était réelle. L'inondation de la ville apparaissait forcément comme le dernier et le plus spectaculaire des épisodes d'un feuilleton auquel appartenaient au même titre tous les événements survenus précédemment sur telle ou telle terre lointaine et entre lesquels personne, jusque-là, n'aurait imaginé qu'existât un lien. Partout, une grande catastrophe était en cours, disait-on. C'était à elle qu'on donnait le nom de « déluge ». On n'était pas loin de penser qu'elle annonçait la fin du monde. D'où l'effervescence religieuse, le délire messianique qui l'accompagnèrent et dont profitèrent des gourous, des sectes que seule l'interruption de tous les réseaux de communication empêcha de diffuser, autant qu'ils auraient pu le faire autrement, leur message auprès des populations crédules.

Il fallait un coupable. Un prix était à payer. Bizarrement, chacun en convenait. D'autant plus qu'en toute objectivité la responsabilité des hommes, si l'on y réfléchissait, se trouvait bel et bien engagée. Le mot « déluge » disait cela aussi. Il indiquait que l'espèce était coupable du désastre qu'elle subissait. Pour son insouciance, sa négligence, son avidité, sa démesure. La civilisation avait crû trop vite. La Babel qu'elle avait édifiée reposait sur un sol d'argile. Elle avait poussé vers le ciel sans que quiconque se préoccupe des fondations fragiles sur lesquelles elle s'appuyait. En l'occurrence, cela signifiait : l'urbanisation accélérée qu'avait rendue possible la révolution industrielle, depuis plus d'un siècle qu'elle durait, avait créé les conditions mêmes de la catastrophe qui y mettrait un terme. La terre avait été étouffée sous le béton et le bitume. Elle avait perdu la propriété salutaire qui lui permettait d'absorber les eaux tombant du ciel. Dans le même temps, la civilisation — ou bien ce qui en usurpait le nom — avait énervé la planète, puisant inconsidérément dans ses ressources, brûlant à sa surface un feu continuel qui réchauffait l'atmosphère, faisait fondre les Pôles, décimait les espèces vivantes, détraquait le climat et libérait dans l'air d'incontrôlables forces qui ruinaient le monde et lui interdisaient de se régénérer comme, par le passé, il en avait eu la faculté.

Depuis des années, des décennies, on en parlait. Mais comme d'un horizon très lointain qui ne concernerait que les générations futures, non pas les enfants, ni même les enfants des enfants mais vraisemblablement encore leurs enfants : « Après nous, le déluge ! » Mais c'était arrivé. La Nature prenait sa revanche. On donnait ce nom à un dieu qui n'en portait pas et auquel plus personne ne croyait. Le dieu cruel et vengeur d'autrefois. Le seul, le vrai, l'unique. Duquel on ne peut jamais douter tout à fait. Car le dernier mot, en toutes choses, lui appartient. Celui qui, exaspéré par l'inconduite de ses fils et de ses filles, avait pris la décision de noyer le monde sous des torrents tombés du ciel, ne conservant de compassion que pour les chiens, les chats, les chevaux, les éléphants, les zèbres, les girafes, les insectes, les oiseaux et les autres animaux, tout ce qui rampe, court, vole ou nage et dont, tirant ces êtres du limon auquel il condamnait les hommes et les femmes à retourner, il avait peuplé le paradis d'autrefois avant que l'humanité en fasse la terre triste dont elle avait cru avoir pris possession pour toujours.

Comment ne pas lui donner raison ?

Voilà ce que le mot « déluge » disait et qui attribuait quelque signification à une catastrophe qui, sans doute, n'en avait aucune.

26

Comme chacun, j'attendais la fin du monde. Je la croyais proche. Plus exactement : j'étais convaincu qu'elle avait eu lieu. Seul, dans mon appartement, j'avais tout de Robinson : sale, avec une barbe de dix jours, il ne me manquait que le chapeau ridicule, l'ombrelle idiote et puis Vendredi. Ou bien d'un patriarche biblique. Pour la première fois de ma vie, faute de pouvoir me raser, j'avais laissé pousser ma barbe et constaté qu'à la différence de mes cheveux qui conservaient leur couleur elle était toute blanche. Cela me donnait l'air d'un personnage de péplum. Pas Moïse, malheureusement, car aucun buisson-ardent ne s'était allumé pour moi et, si toutes les plaies annoncées s'étaient bien abattues sur le pays, je ne disposais pas du pouvoir de faire s'écarter miraculeusement les eaux afin de guider mon peuple vers quelque terre promise. Plutôt Noé, bien sûr, ce vieil ivrogne un peu libidineux auquel j'avais davantage de raisons de m'identifier. Mais en plus misérable : doutant de l'hypothétique mission que Dieu lui aurait confiée, dépourvu de la descendance qui lui permettrait de repeupler le monde, privé de la compagnie de sa famille et de sa ménagerie, totalement abandonné à bord de son arche vide et vaine, voguant au hasard sur une mer démontée, sans l'espoir d'aborder jamais à aucun rivage.

L'eau était presque arrivée au niveau de mon palier. Je me préparais à ce qu'elle envahisse bientôt mon appartement. Mais, un matin, j'ai réalisé qu'elle ne montait plus et même qu'elle avait perdu à peu près un mètre de hauteur dans la nuit. Je n'en savais rien mais j'ai voulu me convaincre qu'il s'agissait là d'un premier signe annonçant enfin la décrue. J'aurais souhaité en être certain. Je perdais patience. J'en avais assez de tourner en rond dans mon trois pièces. Je retrouvais de l'énergie à l'idée que le salut était en vue.

Je me suis résolu à quelque chose d'un peu imprudent. J'ai entrepris de grimper sur le toit de l'immeuble. Je n'étais pas dans une condition physique exceptionnelle, particulièrement après la période éprouvante que je venais de vivre, et j'étais dépourvu de toute disposition pour l'acrobatie. Mais j'avais repéré sur la façade dominant le jardin — ce qui avait été autrefois le jardin — un possible chemin d'escalade. En installant sur le rebord de ma fenêtre l'escabeau que je possédais, en m'accrochant ensuite à la gouttière, il me semblait que je pouvais y arriver. Monter restait un peu compliqué mais redescendre serait ensuite un jeu d'enfant : je n'aurais qu'à me laisser glisser. En temps normal, avec le vertige auquel j'étais sujet, je ne m'y serais jamais risqué. Mais, là, au pire, si je tombais, le toit ne se trouvant plus qu'à trois mètres au-dessus de l'eau, je m'en tirerais au prix d'un bon bain. Même le mauvais nageur que j'étais saurait faire les quelques brasses qui me reconduiraient jusqu'à ma fenêtre et me permettraient de rentrer chez moi.

Je me suis hissé sur le toit. Cela fut plus facile que je ne l'avais imaginé. J'étais puérilement enchanté de ma prouesse. En rampant plutôt qu'en marchant, je suis parvenu au faîte. Je me suis installé à cheval sur l'angle que formaient les deux pans de zinc de la toiture. Je me suis adossé à la cheminée. Le soleil brillait avec intensité. J'ai fermé longuement les yeux pour jouir de sa chaleur sur mon visage. Elle se communiquait à tout mon corps dont j'avais soudainement la sensation de reprendre possession. J'allais dire : « mon corps glorieux ». Je me faisais l'effet d'un bienheureux flottant dans le ciel.

Pour la première fois, placé comme je l'étais, j'ai pu embrasser d'un seul regard la cité. Le spectacle coupait le souffle. Je sais bien qu'il s'agit d'un cliché. J'en ai été le premier surpris mais il exprimait exactement l'impression physique que j'ai ressentie. Un frisson parcourait mes membres. Ma peau se hérissait. Tous les symptômes d'une horreur sacrée. La ville était littéralement engloutie. Du moins cette partie de la ville que j'avais sous les yeux dans quelque direction que je les tourne. On n'apercevait pas âme qui vive. Les rues étaient devenues des canaux. Des bassins s'étendaient là où il y avait eu des places, des squares. Seul le sommet des immeubles émergeait. Cela leur donnait l'apparence de formidables navires, de toutes formes, de toutes tailles, des paquebots, des péniches, des voiliers, des barques mouillant en désordre dans la rade d'un port immense tout baigné de lumière.

J'hésite un peu à en faire l'aveu car je conçois bien ce qu'il a de scandaleux. Mais, de ma vie, je n'avais jamais rien vu d'aussi magnifique. Le soleil se réfléchissait dans l'eau. Agitée comme elle l'était, sa surface déployait à perte de vue une sorte de miroir en morceaux répétant le spectacle éclaté de la cité qui s'y contemplait. Les ruines resplendissaient. Sa beauté, bien entendu, n'ôtait rien de son pathétique poignant à une pareille vision de désolation. Tout témoignait de l'ampleur sans précédent de la catastrophe, des effets sinistres qu'elle avait produits sur une échelle qui dépassait l'entendement. C'était terrible. Mais aussi : magnifique. Si l'on peut me comprendre : d'autant plus magnifique que cela était également terrible.

Je me suis mis à observer l'eau. Elle ne stagnait plus comme elle le faisait depuis deux ou trois jours. Elle s'était remise en mouvement. J'en étais sûr. Mais il était difficile de dire dans quelle direction exactement. Des courants anarchiques l'animaient, la tiraient à hue et à dia, la faisaient parfois refluer dans le sens inverse de celui qu'elle avait d'abord semblé suivre. Elle paraissait s'égailler au hasard. Comme une divinité barbare, le fleuve était pourvu de plusieurs bras qu'il agitait en tous sens. Des tourbillons se formaient un peu partout à sa surface. Parfois, je croyais distinguer, malgré les remous, la trajectoire qu'il empruntait. Mais je me méfiais des mirages. Le soleil était si éclatant que, se réfléchissant, il éblouissait le regard. Les rides que je voyais sur l'eau n'étaient peut-être que des reflets. Sans en être davantage certain, j'avais également l'impression que la couleur de l'eau s'était éclaircie, que son odeur s'était atténuée. J'essayais de prendre des repères pour mesurer si le niveau montait ou bien descendait. Le ruissellement avait repris. On pouvait raisonnablement penser qu'une force salutaire tirait vers l'aval, vers le sous-sol ou vers la mer, si lointaine qu'elle fût, toute cette masse d'eau qui, depuis plus de dix jours, accablait la terre.

Je suis resté perché toute la journée. La chaleur, la lumière me faisaient du bien. Je ne voulais rien manquer du spectacle. Après tout, il ne se déroulait qu'une fois par siècle. Je ne le reverrais pas. Et c'était tant mieux ! Il fallait en profiter. J'étais certain d'être assez bien placé. On a rarement la chance d'y assister. Et puis, j'avais la sensation d'avoir été investi d'une sorte de mission. Je guettais. Je m'imaginais comme le témoin d'un événement qu'au fond nous étions peu nombreux à pouvoir observer. Et moins nombreux encore à pouvoir comprendre. Ce n'est pas tous les jours, me disais-je, que l'on voit le monde revenir à la vie.

À un moment, j'ai réalisé que mon cœur se serrait et que quelque chose de tiède et de liquide éclatait dans ma poitrine. Ma gorge se nouait. Des spasmes me secouaient. J'ai pris conscience des larmes qui roulaient sur mes joues. Je pleurais sans pouvoir m'arrêter. Mais sur quoi, je ne le savais pas. De soulagement, peut-être. Sous l'effet de toute la fatigue accumulée, de toute l'angoisse éprouvée et à l'idée que c'en était fini pour de bon. Certainement. Épargné, devant la désolation qui se déployait autour de moi et dont je mesurais bien ce qu'elle signifiait. Mais aussi : au spectacle de cette beauté que j'avais sous les yeux et qui me désarmait. Je pleurais de bonheur, je crois. Je rendais grâce à je ne sais qui de sa mansuétude immense qui lui avait fait épargner le monde où je vivais. Même si j'y avais si peu de place. Heureux que le soleil brille encore, fût-ce pour d'autres, qu'il y ait un lendemain pour le jour qui vient. Et puis encore un autre après lui.

J'avais l'air idiot, je le sais bien. Par chance, il n'y avait personne pour s'en apercevoir. Pourtant, à un moment, j'ai senti une présence auprès de moi. Venu de je ne sais où, ayant survécu je ne sais comment, un chat m'avait rejoint sur le toit. Je dis : un chat. Je devrais dire : mon chat. Il avait un peu perdu de sa belle allure mais je l'ai immédiatement reconnu. Celui qui avait disparu il y avait plus d'un an et que j'avais vainement cherché dans tout le quartier, bien avant que celui-ci fût inondé. Je ne sais pas par où il avait pu passer pour accéder au toit de l'immeuble. Depuis des jours et des jours, il s'agissait de la première chose vivante à mes côtés. Noé avait eu sa colombe. J'avais mon chat. Bravant des périls dont je n'avais aucune idée, il était revenu vers moi. Stupidement, mes pleurs ont redoublé. Il me regardait avec une drôle d'expression. Ou plutôt : une drôle d'absence d'expression. Je ne savais pas trop s'il se moquait de moi ou s'il me prenait en pitié. Ni l'un ni l'autre. Certainement, il s'agissait d'un signe. Mais un signe de quoi ? Je le lui aurais bien demandé s'il avait su parler. Ronronnant, il est venu se frotter contre moi et puis s'est installé entre mes jambes, réclamant la caresse. L'air de rien. Avec le plus grand naturel. Comme si nous nous étions quittés la veille. Et que depuis rien ne s'était passé. Indifférent à toute la tourmente. Ne lui ayant prêté aucune attention. Parce que à ses yeux de chat elle ne signifiait rien. Ou bien : parce que seul il en savait le sens.

Le soleil s'est couché. Il faisait flamber sur l'eau un splendide brasier. Avec des lueurs rouges, roses et ocre qui se réfléchissaient dans le ciel. Le chat et moi, nous assistions au spectacle. Je pensais à tout ce qui avait disparu de ma vie depuis des années. Cela faisait une assez formidable foison de fantômes. Et je me disais malgré moi que, puisque ce chat m'était revenu, tout le reste, tout ce que j'avais perdu, peut-être, un soir comme celui-là, avec lui, me serait également rendu.

SEPTIÈME PARTIE

27

La décrue prit quelques jours au cours desquels s'opéra un relatif retour à la normale. Le niveau de l'eau baissa aussi vite qu'il était monté. La terre buvait le fleuve à grandes lampées. On le voyait qui regagnait son lit, qui repassait par-dessus les parapets, s'en retournait dans l'espace entre les rives d'où jamais il n'aurait dû sortir. Comme si le film de l'inondation avait été projeté à l'envers et regagnait sa bobine d'origine. Des ruisseaux se formaient qu'aspiraient les entrées du métro, ils coulaient vers les quais, plongeaient dans les regards d'égout, tourbillonnaient en tout endroit où se trouvait un trou. Le sol s'asséchait.

De loin en loin, on ne tombait plus que sur des flaques — dont les plus importantes rétrécissaient à vue d'œil, dont les plus petites s'évaporaient tout à fait. La plupart des immeubles redevinrent vite accessibles à pied sec. Dès que la chose fut de nouveau possible, je sortis de chez moi. Je n'étais pas le seul. Des milliers, des dizaines de milliers de personnes se retrouvèrent dans la rue. Paralysant par leur présence les premiers efforts des autorités afin de rétablir les conditions d'une circulation normale dans la cité. Ébahies. Voulant vérifier par elles-mêmes ce qu'il était advenu de la ville. Prosaïquement soucieuses de se dégourdir les jambes, de se soustraire au huis clos auquel elles avaient été contraintes. De petites foules se rassemblaient à tous les carrefours. Le plus souvent, les gens restaient silencieux comme si les mots leur avaient manqué pour dire ce qu'ils venaient de vivre. Mais il suffisait que se manifeste quelqu'un d'un peu volubile pour que s'engage une grande et interminable palabre portant sur le désastre. Chacun prenait alors des nouvelles d'autrui, échangeait d'invérifiables informations, s'épanchait sur sa situation. Comme si la ville avait été soudainement libérée. Alors se forma la légende qui, depuis, entoure ces événements et dont personne ne peut plus dire quelle est la part de vérité qu'elle contient.

Les forces de l'ordre, les sauveteurs réapparurent. Les secours s'organisèrent. Des ambulances, des véhicules de pompiers affluèrent. Des hélicoptères faisaient une ronde interminable dans le ciel. On évacua les personnes dont l'état l'exigeait. Acheminé par des camions de l'armée, le ravitaillement en produits de première nécessité et en vivres reprit. L'électricité, l'eau courante, les communications furent progressivement rétablies. Lorsque je pus rallumer mon téléviseur, toutes les chaînes diffusaient à peu près le même message qu'exprimaient politiciens, experts ou journalistes. Le pire, déclaraient-ils, n'avait pas eu lieu. Il avait été évité. Chacun s'en attribuait le mérite. Mais, pour ce qui avait tout l'air d'un miracle, il convenait plutôt de remercier la chance. Ou bien : la Providence. Les centrales nucléaires situées sur le fleuve avaient été touchées mais les systèmes de sécurité avaient fonctionné, interrompant l'activité des réacteurs. Si bien qu'on ne déplorait aucun accident majeur. La ville avait été préservée de toute forme de pollution industrielle à grande échelle. Aucun problème sanitaire insurmontable n'était à déplorer. Le bilan humain restait difficile à établir. Quelques centaines de morts, disait-on. Autant de disparus. Cela paraissait bien peu.

De fait, il fallait le reconnaître, la catastrophe restait modeste. Des vagues hautes comme des immeubles n'avaient pas déferlé sur la ville. Elles ne l'avaient pas engloutie. Aucun volcan n'était entré en éruption. Il n'y avait eu ni nuages de cendres ni pluie enflammée. La cité ne s'était pas transformée en un immense brasier. Elle n'avait été ni irradiée ni empoisonnée comme on l'avait vu ailleurs sur la planète. Il lui suffirait de quelques mois, de quelques années pour se remettre. Le temps passant, il n'y paraîtrait plus. De ce qui avait eu lieu ne subsisterait qu'un mauvais souvenir. Aisé à oublier. En un mot, le monde avait connu bien pire. La cité n'avait eu à subir qu'une sorte de « dégât des eaux » — un peu exceptionnel en raison des proportions qu'il avait prises. Pas davantage. Presque : un incident domestique. Comme lorsque déborde la baignoire ou que se met à fuir la machine à laver d'un voisin.

Le spectacle, pourtant, demeurait assez impressionnant. Une couche noire recouvrait tous les murs jusqu'au niveau où l'eau était montée. Il s'en dégageait une odeur nauséabonde qui mit du temps à se dissiper. Une épaisseur immonde s'était déposée sur les trottoirs, sur les chaussées. Il fallut tout lessiver, plusieurs fois, pour rendre aux bâtiments leur apparence d'antan. Des débris baroques que le courant avait emportés s'étaient éparpillés et avaient atterri dans des endroits improbables. Sur les toits les moins élevés, ceux que la crue avait recouverts, on distinguait des matelas, des appareils électroménagers apportés là par le flot. Une poubelle s'était juchée au sommet d'un lampadaire, pendant à sa pointe où la vague l'avait accrochée. Plusieurs autres s'étaient entassées dans le grand escalier donnant accès au métro. Les éléments du mobilier urbain, arrachés à la chaussée, entraient dans d'étranges compositions absurdes qui donnaient au paysage l'allure d'une installation semblable à celles que conçoivent certains artistes contemporains. Et cette œuvre anonyme, exposée en plein air, façonnée par le fleuve, faisait paraître bien pâles les grandes fresques peintes aux murs des immeubles sur ordre de la municipalité, les surpassant par l'inventivité, l'humour noir, la splendeur des formes fantasques qu'elle disposait au hasard. Les automobiles gisaient n'importe où, grimpées les unes sur les autres, retournées sur le dos. Pareilles à de grands animaux dont les troupeaux auraient été décimés par une maladie soudaine. Leurs carcasses grotesques jonchaient le sol. Des sacs en plastique, des détritus de toute nature, de toutes formes, de toutes couleurs, parsemaient le béton comme des confettis abjects, des serpentins sinistres au lendemain d'un carnaval. Cela avait aussi l'allure d'un rivage lorsque les grandes marées d'équinoxe s'en sont retirées et que, échouées, des épaves d'une provenance inconnue se mêlent au varech, au goémon, aux algues brunes, rouges ou vertes d'où émane une insupportable et asphyxiante odeur.

Les appartements inondés ne ressemblaient plus à rien. Pendant des jours, tout y avait trempé dans une sorte de soupe malpropre presque aussi délétère qu'un bain d'acide rongeant les murs, faisant se dissoudre les meubles, les objets ou bien les recouvrant d'une matière ignoble qui les rendait impropres à tout usage. Cela serrait le cœur. Bien davantage que le feu qui réduit tout en cendres, l'eau corrompait les choses mais sans les détruire tout à fait. Elle les métamorphosait en d'écœurantes contrefaçons de ce qu'elles avaient été et où l'on reconnaissait pourtant le souvenir de leur forme ancienne. Rien ne pouvait être sauvé. Tout était à jeter.

Bien des semaines furent nécessaires pour que le contenu des logements sinistrés fût porté sur le trottoir, entassé là avant d'être enfin emporté par les agents des services municipaux jusqu'aux usines de traitement des ordures qui avaient repris leur activité. Pendant tout ce temps, la ville revêtit l'apparence d'un immense et misérable vide-grenier, exposant à même la chaussée un rebut dont personne, bien sûr, n'aurait voulu. Des meubles, des vêtements, des livres, des papiers formaient des monticules énormes, humides et dégoûtants. Au pied de mon immeuble, je reconnaissais tout ce que l'on avait tiré de l'appentis qui, situé dans la cour, avait été totalement envahi par l'eau et qui, sous la pression exercée par le courant, s'était en partie effondré : le canapé-lit, la table basse, les partitions et même le piano droit, tout déformé, grotesquement gonflé de cloques et dont de nombreuses touches s'étaient détachées du clavier.

Tout cela a eu lieu il y a longtemps désormais. La décrue donna le signal d'immenses travaux qui parachevèrent la transformation de la ville. On prit prétexte du sinistre pour procéder à la réfection ou à la démolition des immeubles anciens du quartier. Je ne sais pas pour quelle raison fut épargnée la maison où je vivais. En l'espace d'un siècle, elle avait résisté à deux grandes inondations. Peut-être les architectes qui furent consultés par les autorités à son sujet se dirent-ils qu'elle avait fait ses preuves, qu'on pouvait la tenir pour « insubmersible ». Ou bien : les promoteurs la considérèrent comme trop exposée dans l'hypothèse où se produirait un nouveau déluge. Il aurait été hasardeux d'édifier à sa place l'une des grandes tours supplémentaires dont le secteur se remplit bien vite. Un nouveau chantier succéda à l'ancien : plus gigantesque encore. Le coût économique de la catastrophe fut colossal. Mais le pays se remit des dégâts que l'inondation avait causés. La nécessité de tout reconstruire relança l'activité. Certains experts ont souvent expliqué ainsi la soudaine et formidable ère de prospérité qui commença alors. Ils soutinrent que le désastre, au bout du compte, avait été une chance. En deux ou trois ans, une ville totalement nouvelle naquit à partir de rien, ne laissant presque aucune trace de la cité que le fleuve avait passagèrement engloutie.

Sur le coup, cependant, il aurait été difficile d'imaginer une issue si heureuse au désastre. À perte de vue s'étendait un triste champ de ruines sur lequel brillait un soleil fixe qui en faisait resplendir les vestiges. Un ciel de beau temps luisait ironiquement sur le monde. Le vent se leva. Le vent salubre. Il poussait sur les trottoirs les débris et les déchets en attente d'être dépêchés vers la voirie, dissipait les miasmes, soufflait sur les eaux afin de les forcer à regagner leur lit. Comme si la Nature, soucieuse de se faire pardonner des hommes, entendait prêter son concours à leurs efforts et contribuer à laver la ville des souillures qu'elle lui avait infligées. L'air prenait sa revanche sur tous les autres éléments. De grands nuages magnifiques filaient à toute vitesse dans l'azur, se perdaient très loin vers l'intérieur des terres. Donnant à qui les regardait l'impression qu'un jour nouveau commençait.

28

Tout le temps que dura la crue, j'avais eu le loisir de penser et de repenser à ma vie. Au cours qu'elle avait pris depuis longtemps. Et puis aux événements si étranges qui peu auparavant étaient survenus. J'avais beau les retourner dans ma tête, je ne découvrais pas comment il aurait fallu arranger les pièces du puzzle dont je disposais afin qu'elles forment une image sensée. Le climat si particulier de ces quelques journées durant lesquelles la ville avait été noyée rendait encore plus invraisemblable toute l'histoire qui avait précédé. Surtout, la catastrophe en relativisait sérieusement l'importance. Qu'une femme et un homme se soient évanouis, est-ce que cela comptait ? Des disparus, on en comptait par centaines désormais. Ce qui m'avait paru un drame prenait les proportions d'une anecdote sans réelle importance. Pourtant, je ressentais comme une grande absence auprès de moi.

À nouveau, des journées ont passé. Elles n'apportaient rien. Après la décrue, ni elle ni lui ne revinrent. J'ai dit ce qu'il advint de l'appentis où elle avait logé et qui fut l'un des premiers bâtiments à être démolis. Son appartement à lui, des déménageurs vinrent qui le vidèrent de son contenu et le chargèrent dans un gros camion dont ils ne voulurent pas m'indiquer la destination. Après la grande inondation pas plus qu'avant, la police ne se manifesta jamais. Il faut dire qu'elle avait d'autres problèmes à régler. À ses yeux, l'affaire avait été résolue. Ou bien : elle avait été classée. Comme je l'ai dit, je ne l'ai jamais su. Cela revenait au même : elle appartenait au passé.

Dans une certaine mesure, je m'en sentais soulagé. On s'habitue même à l'impossible. D'autant plus facilement que l'on parvient mal à croire en lui — même lorsque les preuves, comme c'était le cas, on les a sous les yeux. On doute. On doute et puis l'on oublie. L'oubli parachève le doute dont il procède. Je ne dis pas que je ne pensais plus à eux. Mais tout ce qui les concernait, afin de m'en protéger, j'avais réussi à le reléguer dans une zone périphérique de mon esprit, un compartiment étanche, coupé de tous les autres. Les hypothèses extravagantes qu'avait fabriquées mon cerveau au moment de leur disparition, je les ai effacées de ma mémoire. À leur place ne restait plus qu'un vide auquel j'avais renoncé à donner un sens ou un autre. Et, pour dire la vérité, je m'en portais très bien.

Je m'étais fait à cette idée. Elle m'arrangeait. L'histoire — si histoire il y avait eu — s'était achevée. En queue de poisson, comme on dit, et quoi qu'une telle expression signifie. Et puis, un nouvel événement survint. Un matin — du temps s'était écoulé, le printemps s'annonçait —, en allant chercher le courrier, j'ai trouvé une enveloppe dans ma boîte aux lettres. Elle ne portait pas de timbre. Quelqu'un l'avait discrètement déposée là. Elle contenait une feuille, pliée en quatre, sur laquelle figuraient ces seuls mots : « *Est enim magnum chaos.* » Rien d'autre. Pas de date ni de signature. Lorsque j'ai lu, bien sûr, mon cœur a battu plus vite, mes doigts ont tremblé. L'impression est la même, j'imagine, dont parlent certains contes lorsque le héros met la main sur un objet — une fleur, je crois — qui lui vient d'un songe qu'il a fait et qui lui prouve que, précisément, en dépit de ce qu'il pensait, il n'a pas rêvé. Une preuve tangible lui parvient, par magie ou du fait de la Providence, qui l'oblige à réviser d'un coup tout ce en quoi il avait préféré croire.

La lettre ne pouvait venir que de lui. Ou bien : d'eux si, comme je l'avais pensé, ils avaient disparu ensemble. Elle disait que, quelque part, où que cela fût, ils étaient encore en vie. J'étais le seul à pouvoir identifier l'auteur de la phrase, à reconnaître en elle celle que, quelques mois plus tôt, il avait prononcée pour moi et qui m'avait eu l'air d'une prophétie. De fait, et même si je ne l'avais pas compris sur le coup, elle m'annonçait alors ce qui allait suivre. J'y avais à peine prêté attention. Je réalisais maintenant à quel point j'avais eu tort. La clef de tout se trouvait dans ces quatre mots. Il s'agissait certainement d'un message — comme ceux que l'on met dans une bouteille abandonnée aux flots, depuis une île déserte, dans l'espoir qu'ils le porteront à son destinataire. Un message codé. Mais qui pouvait vouloir dire tout et son contraire puisque je ne savais pas le déchiffrer. Peut-être un appel au secours. Ou bien, plus modestement, une carte postale adressée à un vieil ami, afin de lui donner des nouvelles, depuis une villégiature lointaine.

J'étais incapable d'en décider. J'ignorais tout à fait ce qu'un pareil message pouvait bien signifier. Mon esprit s'est remis aussitôt à fonctionner sur le même mode un peu délirant dont il avait autrefois pris l'habitude. Je voulais en avoir le cœur net. Mais, une fois de plus, je me trouvais dépourvu du moindre indice. Le latin m'intriguait. Je comprenais les mots. Mais je ne parvenais pas à saisir à quoi pouvait rimer l'usage d'une langue morte. Il fallait que ce fût une citation. Mais de qui ? Beaucoup de temps m'a été nécessaire pour le découvrir. J'ai d'abord regardé dans les pages roses de mon vieux dictionnaire. En vain. J'ai fouillé au hasard les rayons des classiques dans la grande bibliothèque dont les quatre tours dominaient les immeubles de mon quartier — et qui, depuis peu, après les travaux rendus nécessaires par son inondation, venait de rouvrir ses portes. Mais cela revenait à chercher une aiguille dans une botte de foin. J'ai eu recours ensuite — j'aurais dû commencer par là — à mon ordinateur. On s'imagine qu'il donne accès à toute la mémoire de l'humanité. Mais c'est un peu une vue de l'esprit, je l'ai réalisé. Une part infime de ce qui a été écrit y figure. Là comme partout ailleurs, l'amnésie règne et l'emporte. Après beaucoup de recherches et de recoupements, en suivant une piste qui me conduisait à une autre, grâce au hasard et avec de la chance, à force d'errer dans ce qui avait l'apparence d'un labyrinthe immatériel, je suis tombé, un jour, sur une référence que je suis allé vérifier en bibliothèque. Et j'ai trouvé.

La phrase figurait dans un vieux roman anglais. Le nom de l'auteur ne me disait rien. Comme je l'ai appris, il s'agissait pourtant d'un écrivain célèbre. Ou qui l'avait été. En vérité : même pas. Disons : un auteur mineur. Qui avait joui, au siècle précédent, d'une relative et éphémère notoriété. Il avait conservé, semble-t-il, quelques lecteurs. Mais la plupart de ses livres étaient depuis longtemps épuisés, indisponibles. Personne n'avait pris la peine d'en numériser le contenu. Et c'est pourquoi il m'avait été si difficile d'en retrouver la trace. Très peu de ses textes avaient été traduits. Ils n'intéressaient plus que des bibliophiles, des collectionneurs, des maniaques. Je ne m'étonnais pas que mon voisin ait figuré parmi eux.

Ceux qui ont lu le roman dont je parle et qui se le rappellent doivent désormais se compter sur les doigts des deux mains. J'aurais voulu, pourtant, qu'il fût assez connu de tous pour que je puisse me dispenser d'en produire le résumé. Je ne m'y résous qu'à contrecœur et avec le sentiment que je ne parviendrai pas à en restituer le contenu sans le défigurer. D'ailleurs, je n'en possède pas d'exemplaire. Je l'ai lu à toute allure en bibliothèque, dans un état de fébrilité qu'on comprendra. Si bien que mon imagination déforme certainement le souvenir que j'en ai conservé. Je ne garantis rien quant à la fidélité de ce que je pourrai en dire. Dès que je l'ai eu sous les yeux, j'ai été convaincu qu'il s'agissait de l'une de ces quelques « histoires parfaites » — je les nommais ainsi — dont la littérature se suffirait avantageusement. Tout le reste pourrait disparaître. Mais, bien sûr, je parle sans trop savoir. J'exprime seulement une impression personnelle qui dépend peu de la qualité proprement littéraire de l'œuvre en question et qui, sans doute, doit tout à la signification que je lui ai trouvée. Je devrais dire : que je lui ai donnée.

J'essayerai de faire de mon mieux. Et tout en ayant bien conscience de ruiner l'art de l'auteur en proposant de son récit une contrefaçon malhabile qui en détruira, certainement, tout le charme.

Voici ce que ce roman racontait.

Un homme d'Église habitait Londres au début du siècle dernier. Il s'adonnait à d'austères études liées à son sacerdoce. Un jour, alors qu'il prenait son thé, venu de la rue, le grondement d'une voiture — nuisance inhabituelle pour l'époque — lui fit lever le nez de sa tasse. Toute la maison tremblait. Ce fut pour lui comme une révélation. Ce signe annonçait prophétiquement les ravages auxquels le monde était prochainement promis. Le développement du trafic automobile, et plus généralement : toutes les transformations urbaines que la récente révolution industrielle avait rendues indispensables condamnaient l'humanité à sa perte. Bientôt, incapable de supporter le poids des constructions nouvelles que l'on avait édifiées sur son sol, minée par les galeries que l'on avait creusées en son sein, la cité s'effondrerait sur elle-même aussi sûrement qu'un château de cartes soufflé par un courant d'air. L'explosion des conduites de gaz allumerait un perpétuel brasier. L'eau du fleuve inonderait le tunnel du métro. La civilisation disparaîtrait dans un pareil chaos.

Fort de cette révélation sinistre, le respectable révérend eut la certitude qu'il lui appartenait d'alerter l'opinion. Autant que ses moyens le lui permirent, il se lança dans une grande campagne de presse que les journaux du pays, avides de sensationnel, relayèrent assez vite. On s'amusait un peu de l'homme qui criait ainsi dans le désert. Ses jérémiades lui valaient des railleries. À ses thèses, on n'accordait que peu de crédit tant elles allaient à contre-courant de l'histoire et démentaient la triomphante religion du progrès. Il avait tout à fait l'air d'un personnage biblique égaré dans un présent où, visiblement, il n'avait pas sa place. La polémique à l'origine de laquelle il fut et dont certains journaux se firent l'écho, cependant, causa quelque bruit. Elle lui valut une modeste notoriété.

C'est pourquoi, lorsqu'elle eut lieu, sa soudaine disparition ne passa pas totalement inaperçue. Pendant six semaines, l'homme sembla s'être évanoui. Un jour, sa gouvernante avait trouvé vide le salon où rituellement, chaque jour et à la même heure, elle lui servait le thé. La vie très réglée du révérend, son respect scrupuleux des usages rendaient son absence complètement inexplicable. Mais le plus étrange restait à venir. Un beau jour, aussi soudainement qu'il avait disparu, l'homme fut de retour dans sa maison. S'impatientant de son thé qui tardait à lui être servi, il sonna sa gouvernante — qui fut la première étonnée de ce prodige. Il n'avait gardé aucun souvenir de ce qui lui était arrivé. Plus bizarrement encore : il avait la conviction de n'avoir jamais quitté son fauteuil. Tous les jours qui avaient passé s'étaient littéralement effacés de sa mémoire.

Il y eut des indiscrétions. L'histoire se répandit un peu. Un journaliste s'y intéressa se disant qu'il y trouverait la matière d'un fait divers singulier et pittoresque. Il n'obtint qu'après beaucoup de difficultés le récit du révérend. Ce dernier redoutait d'être victime d'un mal qui menaçait sa santé mentale. Toutes sortes de signes curieux l'en avertissaient : il perdait son chemin dans les rues de sa propre ville comme si elle avait constitué pour lui un pays inconnu, il ne parvenait plus à mettre la main sur des papiers, des livres dont il était pourtant certain de les avoir rangés à leur place et qui se retrouvaient dans l'armoire à linge, le vaisselier ou bien entre deux coussins de son canapé.

Il fallut au journaliste faire preuve de beaucoup de persuasion pour obtenir enfin les aveux du révérend. Le jour de sa disparition, il avait poussé la porte située au fond de son jardin dont il n'avait pas ordinairement l'usage. Elle donnait sur une impasse où, tout seul, jouait un enfant dont l'allure étrange et pourtant familière l'avait frappé. Il était rentré chez lui aussitôt, pensait-il, ne réalisant aucunement qu'entre le moment où il avait ouvert la porte et le moment où il l'avait fermée six semaines s'étaient écoulées. De ce qui s'était passé, il ne conservait donc aucun souvenir. Plus exactement, concéda-t-il au journaliste, ce qu'il se rappelait, même avec la meilleure volonté du monde, il aurait été incapable de le dire. Il s'agissait d'une sorte de rêve auquel ne convient que le langage de la nuit, pour lequel ne sont pas appropriés les mots dont le jour se sert. Toute traduction aurait été impropre. Comme si, commentait-il curieusement, on avait voulu jouer du Euclide sur un piano ! De l'expérience, il gardait un étrange sentiment de béatitude, avec l'impression de s'être trouvé soudainement déchargé de tous les soucis de la vie. Il n'y avait rien d'autre à expliquer, rien en tout cas qu'il pût expliquer.

Le roman s'achevait sur une note plus énigmatique encore. Pour recouvrer ses esprits, le révérend décida de se retirer dans une campagne reculée. Un matin parvint au journaliste une lettre sur laquelle figurait seule la formule latine avec laquelle l'homme avait conclu pour lui son récit : « *Est enim magnum chaos.* » Il apprit par la suite que le révérend, parti un jour de pluie, n'était jamais revenu de sa promenade. On n'entendit plus parler de lui et nul ne retrouva jamais sa trace.

Ainsi se terminait le roman que j'avais lu.

29

Le fin mot de l'histoire, bien sûr, je ne l'ai jamais su. Nul ne le saura jamais. Je suppose d'ailleurs qu'à part moi il n'intéresse personne. Je suis le seul pour qui ce récit est susceptible d'avoir un sens. C'est pourquoi il m'est si cruel de ne pas savoir lequel. Et pourtant, je ne parviens pas à me défaire de l'idée qu'il concerne l'humanité tout entière. Je me retrouve le dépositaire d'un secret qu'il m'est d'autant plus difficile de divulguer que j'en ignore la vraie nature.

J'ai parlé d'«épidémie». Ou bien ce fut lui. Peu importe. La grande crue constitua seulement l'un de ses pics. Un accès de fièvre comme l'Histoire en a connu et en connaîtra encore de nombreux. Le monde, éventré, se délestant soudainement de sa substance. Et puis, bien sûr, la plaie se referme. Elle cicatrise. Sur la chair des choses, la trace s'efface. On la discerne à peine. Jusqu'au moment où la couture cède à nouveau. Ici ou ailleurs. Tout recommence. Sans que l'on veuille jamais comprendre ni comment ni pourquoi.

Tout cela, il me l'avait longuement expliqué. Telle était l'« épidémie » dont il m'avait parlé. Un grand vide existe qui appelle à lui toutes les choses vivantes. Elles disparaissent. On ignore où et ce que deviennent les êtres qui, un jour, s'évanouissent sans que rien ne reste de ce qu'ils ont été. Le trou s'ouvre que creuse le temps. Il aspire les hommes, et avale avec eux le monde dans lequel ils ont vécu.

Elle ne quittait pas ma pensée. J'avais choisi de ne plus trop y songer. Mais je n'y réussissais pas. Je savais bien quelle absence elle avait laissée dans mon existence. Certainement, elle n'était pas la première. Sans doute ne serait-elle pas la dernière. J'étais trop las pour dresser la liste de toutes celles, de tous ceux qui m'avaient quitté. Mais, je le vérifiais une fois de plus, avec chaque être qui soudain vous fait défaut, ce sont tous les autres que l'on perd à nouveau. On a beau savoir qu'ils vivent encore — même si c'est ailleurs, ayant tout recommencé de leur existence, comme s'ils s'étaient établis sur une planète étrangère, fût-ce à la façon de spectres, sans plus de consistance que le souvenir que la mémoire leur conserve —, cela n'enlève rien au chagrin que vous cause leur départ. Je l'aurais voulue encore auprès de moi. Avoir aimé dure pour l'éternité. Parfois, j'avais l'impression d'entendre la musique mystérieuse qu'elle jouait monter jusqu'à mes fenêtres. Comme si flottait jusqu'à moi, sous la forme d'une mélodie étrange, un message que, depuis nulle part, elle m'aurait adressé afin de me signifier que sa pensée ne m'avait pas complètement quitté, qu'elle restait amoureusement attachée à moi.

Lui, je ne parvenais pas à l'oublier non plus. Si absurde que cela paraisse, j'étais certain que la grande inondation dont j'avais été l'un des innombrables témoins parachevait la démonstration qu'il avait développée pour moi. Obscurément, il l'avait prophétisée. L'eau s'était engouffrée dans le précipice auquel, insoucieuse de ses actes, l'humanité avait prêté la main. Dans ce creux, elle s'était jetée. Non pas par surabondance de ses forces propres mais en raison d'une sorte d'irrépressible appel d'air auquel la Nature avait obéi. Je ne dis pas qu'il avait prévu la crue. La chose semblerait trop fantasque. Ni qu'il y eut une relation directe entre l'inondation de la ville et leur disparition. Comme si l'un de ces événements avait été la cause de l'autre. Bien sûr, je ne le crois pas. Mais j'ai fini par me convaincre qu'il était malgré tout dans le vrai. Une grande épidémie sévit en secret, qui explique tout, des plus grands événements jusqu'aux plus petits. Elle fait partout et toujours s'en aller la figure du monde. Elle ravit les individus les uns après les autres, les enlève à la réalité et, en leur lieu et place, fait s'étendre un grand vide qui est le dernier mot du monde et où se précipite toute l'énergie aveugle et dévastatrice qu'il recèle en son sein.

Le message que j'avais trouvé dans ma boîte aux lettres, j'ignorais quelle main l'y avait déposé. Peut-être s'étaient-ils ensemble installés à deux pas, dans un nouvel appartement. Mais comment les retrouver parmi la multitude et dans le décor tout bouleversé d'une ville qui, déjà, renaissait de ses ruines ? Je voulais croire qu'un jour elle reviendrait, que le hasard me ferait la croiser dans la rue, que toute l'histoire recommencerait ainsi, ne s'étant jamais interrompue pour de bon, et que je comprendrais alors ce qu'elle avait signifié. Sans doute, et jusqu'à aujourd'hui, n'ai-je pas tout à fait renoncé à cet espoir.

Il savait que je remonterais jusqu'au roman duquel il avait tiré la phrase dont il avait fait son sésame et que, grâce aux indications qu'il m'avait données, je la décoderais et en déduirais tout le reste. Ou du moins : que j'avais une chance d'y arriver. Et j'avais résolu l'énigme. Mais, ironiquement, la solution à laquelle j'étais parvenu prenait l'allure d'un problème nouveau qui m'apparaissait comme plus redoutable encore que le précédent — et moins susceptible que lui d'être jamais éclairci. La parabole en quoi consistait le récit sur lequel j'avais mis la main était limpide. Elle parlait d'un homme qui, voyant le monde changer autour de lui, incapable de mettre en garde ses semblables contre la catastrophe qu'il annonçait, basculait soudainement dans une sorte de néant depuis lequel il adressait un dernier signe à l'individu auquel il s'était confié avant de s'effacer enfin. Je réalisais bien que le roman que je venais de lire racontait à sa manière celui que j'avais vécu. Il le reflétait à la façon d'un miroir. L'intrigue était identique, qui aboutissait à la même conclusion, faisant de moi le témoin d'une disparition pour laquelle n'existait pas d'autre explication qu'une obscure sentence en latin. Comme si finalement j'avais joué à mon insu un rôle dans une fiction vieille d'un siècle qu'à son instigation nous avions un instant rappelée ensemble à la vie.

Une histoire, toujours la même histoire, se déroulant partout depuis la nuit des temps, destinée à se perpétuer pour toujours et que, peut-être, l'écrivain anglais lui-même n'avait nullement inventée, l'ayant reçue déjà d'un autre, comme moi-même je l'avais reçue de lui, se contentant de la retranscrire afin de la transmettre à son tour. Sous des formes différentes, à toutes les époques, dans tous les pays, elle se répétait, se continuait. Et au fond, sans doute n'y avait-il pas d'autre histoire que celle-là qui contenait toutes celles qu'avait forgées l'imagination des hommes afin de dire le vide auquel toute vie se trouve vouée. Le roman le racontait. Il racontait l'énigme. Mais il ne l'expliquait pas. L'énigme, il la redoublait.

En pensée, je les voyais poussant la porte. Apercevant l'enfant étrange qui, dans le lointain, leur adressait un signe de la main comme pour les appeler à lui. Passés ailleurs, dans un univers parallèle dont ils n'avaient ni la possibilité ni le désir de revenir jamais. Et dont, même s'ils l'avaient voulu, ils n'auraient su rien dire. Soucieux seulement — afin que je sache à mon tour — de me signifier qu'il existe et n'ayant d'autre moyen de le faire qu'à l'aide de quelques mots en latin tirés d'un très vieux livre.

Tout me semble déjà si vague, si lointain. Sans que je puisse dire à quoi il me faudrait croire. Je voudrais qu'un signe vienne : tangible, irréfragable. Je l'attends. Je veux penser qu'il tiendra promesse. Où qu'il soit, je ne l'imagine pas ayant renoncé à son rêve. Un jour, le livre dont il m'avait parlé paraîtra. Celui dans lequel il exposera la grande théorie dont il m'avait longuement entretenu, où il dira enfin tout ce qu'il savait et dont il ne m'avait révélé que des bribes incohérentes et hallucinées. Je le guette. Je me suis remis à lire. Maladivement. Je ne sais pas de quel nom il le signera — il en portait tellement. Il s'agira d'un traité, d'un essai, d'un roman, d'un poème. Publié par quelque éditeur confidentiel ou bien à l'enseigne d'une maison célèbre. Je n'ai aucun moyen de le deviner. C'est pourquoi depuis je lis tout. Pour autant que cela soit possible. Et bien sûr, je n'y parviens pas. Une grande angoisse ne me quitte pas à l'idée de laisser passer son livre. Ou même : l'ayant lu, de n'avoir pas su le reconnaître sous les dehors qu'il lui aura donnés. Il voudra avoir adressé au monde un signe. Espérant qu'il trouverait au moins en moi un lecteur.

J'en viens parfois à m'imaginer autre chose. Peut-être, tous deux, m'avaient-ils confié à mon insu la mission d'écrire le récit auquel, prenant congé du monde et de moi, il avait renoncé. Cela expliquerait tout : sa longue et absurde confession à lui, l'histoire d'amour que j'avais vécue avec elle, leur disparition. La vérité, ils me l'avaient remise entre les mains, me la révélant sous la seule forme qu'il leur était possible de lui donner. À charge pour moi de m'en débrouiller. Comme je pourrais. C'est ce que je me suis dit. À sa place, il me fallait témoigner. Je m'y emploie dans le récit qui se termine ici. Mais, à supposer qu'il soit porté à la connaissance d'autrui, je me doute bien qu'on le tiendra pour une fiction fort douteuse. Une métaphore sortie d'un cerveau un peu malade et à laquelle on prêtera toutes sortes de significations indifférentes auxquelles pour ma part je ne crois qu'à demi. Il y a eu déjà beaucoup de livres à traiter du temps qui détruit tout, du néant qui nivelle, du grand rien où tout finit. Il y en aura encore beaucoup d'autres. Ils s'entassent dans des bibliothèques où personne ne les lit. On ne leur reconnaît de signification que figurée. Quand c'est littéralement qu'ils s'expriment. On veut que la vérité soit toujours à venir, qu'elle reste à découvrir. Non, depuis les origines, elle a été révélée aux hommes. La vérité toute nue, toute crue, comme il aimait à le dire. C'est juste que personne n'y prête jamais attention.

Voilà pourquoi j'ai écrit les pages de ce rapport. Je ne sais pas trop comment. J'appelle sur elles l'indulgence du lecteur. Je ne suis pas écrivain. J'ai fait comme j'ai pu. Je leur ai donné l'apparence dont j'ai pensé qu'elle lui aurait plu. Une sorte de roman, certainement malhabile, au sein duquel j'ai mêlé des faits avérés — la grande inondation que chacun a en mémoire — et d'autres purement imaginaires — que désormais je ne réussis plus à distinguer des précédents. J'en arrive à ne plus savoir où se situent le vrai et le faux, de quel côté ils se tiennent. Ni qui fut l'auteur de ces lignes qui se terminent et dont j'ignore encore si elles paraîtront et sous quel nom : le mien, le sien, l'un des siens, un autre peut-être. J'en viens parfois à douter de son existence. Ou bien de la mienne. L'un de nous a dicté à l'autre cette histoire. Mais lequel ? Ces pages que je m'imagine maintenant avoir écrites, je me dis parfois que je les ai reçues de lui : trouvées un beau matin, sans un mot d'explication, dans ma boîte aux lettres où sa main les aura laissées avec la feuille pliée en quatre sur laquelle figuraient quelques mots en latin. Un peu de ma vie et beaucoup de la sienne. Quelque chose d'assez insensé. D'insensé comme la vérité elle-même.

Je me demande où ils sont désormais. Je les souhaite heureux et ensemble. Délivrés de tout ce qui est partout le lot malheureux des pauvres hommes. En vie. Ayant suivi l'enfant qui leur fit signe. L'ayant retrouvé peut-être. Elle : jouant pour eux comme elle l'avait fait pour moi. Du Euclide sur son piano. Si cela est possible. S'abandonnant à une béatitude sans nom. « Il y a un grand vide », disait-il. J'espère les y rejoindre un jour. Avec tous les autres. Tous ceux que j'ai vus fuir dans le néant de la nuit. Ma fille, ma mère, celles et ceux qu'autrefois j'ai aimés. Les autres aussi dont j'ai parlé, en partance pour nulle part, qui passaient sur les trottoirs de mon quartier comme des spectres indifférents et qui, autant que n'importe qui, misérables et magnifiques, méritaient l'immense mansuétude du monde. Je me dis qu'un jour je les retrouverai. Je passerai du côté où ils se tiennent. Mais pas tout de suite. Il faut d'abord que la vérité soit dite. Pour rien. Mais cela suffit. Comme il le fit, je laisserai seulement derrière moi la phrase qu'il m'avait remise : « *Est enim magnum chaos.* » Il n'y a rien à ajouter, au fond.

Un jour de pluie, je partirai. Et jamais l'on n'entendra plus parler de moi. Il ne restera rien. Même pas des traces de pas dans la terre gorgée d'eau sur laquelle s'abat le perpétuel déluge de la vie. À peine le souvenir très vague de cette vérité vraie que, je le sais, moi aussi, à mon tour, j'aurai crue.

Œuvres de Philippe Forest (suite)

HAIKUS, ETC. suivi de 43 SECONDES, Allaphbed 4, *Éditions Cécile Defaut*, 2008.
LE ROMAN INFANTICIDE : DOSTOÏEVSKI, FAULKNER, CAMUS. ESSAIS SUR LA LITTÉRATURE ET LE DEUIL, Allaphbed 5, *Éditions Cécile Defaut*, 2010.
BEAUCOUP DE JOURS. D'APRÈS *ULYSSE* DE JAMES JOYCE, coll. « Le livre/la vie », *Éditions Cécile Defaut*, 2011.
ÔÉ KENZABURÔ : LÉGENDES ANCIENNES ET NOUVELLES D'UN ROMANCIER JAPONAIS, *Éditions Cécile Defaut*, 2012.
VERTIGE D'ARAGON, Allaphbed 6, *Éditions Cécile Defaut*, 2012.
RETOUR À TOKYO, Allaphbed 7, *Éditions Cécile Defaut*, 2014.
L'ENFANT FOSSILE. RÉCITS D'OBJETS, *Musée des Confluences / Invenit*, 2014.
LE DEUIL. ENTRE LE CHAGRIN ET LE NÉANT. DIALOGUE AVEC VINCENT DELECROIX, *Philosophie éditions*, 2015.
UNE FATALITÉ DE BONHEUR, Vingt-six, *Grasset*, 2016.

Composition : IGS-CP à L'Isle-d'Espagnac (16)
Achevé d'imprimer
par Normandie Roto Impression s.a.s.
61250 Lonrai, le 9 juin 2016
Dépôt légal : juin 2016
Numéro d'imprimeur : 1602323

ISBN : 978-2-07-019709-5 / Imprimé en France

302562